能舞〈鐘巻〉の復原

畠山 篤 編著

JN170844

弘前学院出版会

◆目次

第一章　能舞への誘い

畠山　篤

一　山伏神楽とは

名称と分布　「山伏神楽《やまぶしかぐら》」と総称される神楽が、権現舞（獅子舞とも）を中心にして主に北東北地方（青森県・岩手県・秋田県）に伝承されている。その多くは、現在、村人の保存会によって伝承されている。しかし「山伏神楽」という総称が示すように、かつて山岳を信仰する修験道の宗教者・山伏（修験者、修験とも）によって管理されていた。この神楽は視覚・聴覚に訴える祈祷であり、演劇・音楽であり、人々を教化・感化するものだった。

この「山伏神楽」は、地域によって名称を変えている。岩手県では「山伏神楽」（獅子舞とも）をそのまま称するものの、青森県下北《しもきた》半島では**「能舞《のうまい》」**（獅子舞・神楽とも）、秋田県では「番楽《ばんがく》」（獅子舞とも）、山形県北部では「ひやま」（ひやま番楽とも）、宮城県北東部（陸前浜）では「法印神楽《ほういんかぐら》」と称している。

この点、津軽《つがる》神楽は神職のみによる格調ある優雅な式舞《しきまい》中心の神楽で、「山伏神楽」と異なるといわれている。しかし、笹森建英《ささもりたけふさ》・畠山篤《はたけやまあつし》［二〇〇七、三一七頁］と笹森・畠山・今井民子《いまいたみこ》［二〇〇八、五八頁］によると、かつての津軽の神楽は秋田県と岩手県の修験系神楽と同根だったらしく、神道に精通した四代藩主・信政《のぶまさ》の死去を機に、一七一〇年代から次第に神職を中心にした神楽に移行した、と考えられる。

源流と展開　以上の修験系神楽の源流は中世にあり、近世、近代へと幾多の変容を経ながら、現代に至っている。例えば、『山伏神樂・番樂』［本田安次《ほんだやすじ》、一九七一、三頁］によると、山伏神楽・番楽は「能大成以前の猿楽、田楽の辺土に散った遺風が、今に脈々と伝承されてゐるものであるらしい」。また山路興造《やまじこうぞう》［一九八七、一五頁］は、山伏神楽・番楽の原形が南北期に形造られた、と述べている。

また『日本演劇史』［井浦芳信《いのうらよしのぶ》、一九六三、一一〇五頁］は、演劇史・芸能史の立場から修験系神楽を唱導性儀礼性の濃い「修験舞」と演劇性の濃い「修験能」の二面でとらえ、その形成と展開を次のようにまとめている。

　中世修験の展開と演劇・芸能の結合は、必然的に修験独特の芸を生んだが、それが儀礼からもどきへ重点を移し、あるいは唱導的性格を庶民地方的意味において明確にするにつれて、広義の唱導劇的な芸を生み出すに至った。これが修験能である。やがて、修験道の近世における一層の展開と、明治維新による廃仏棄釈の処置による解体（中略）による変質などによって、修験能は修験の手を離れて行くのであるが、その本質はまだ残されている。

演目　山伏神楽の演目を概観するには、演目の分類を見ると早い。『山伏神樂・番樂』は、演目を次のように分類している。

(1) 式舞…露払い・鳥舞・御神楽・千歳・翁・三番叟・松迎えなど。
(2) 女舞…年寿・機織・蕨折・橋引・金巻・天女・赤間・木曽・汐汲など。
(3) 番楽舞…信夫・鈴木・曽我・鞍馬・八嶋・羅生門など。
(4) 神舞…岩戸開・山神舞・榊葉・小山の神・八幡舞・西の宮・猩々など。
(5) 権現舞・神送り・諸式…権現舞・神送り・諸式。

二　能舞とは

分布　「能舞《のうまい》」は青森県の下北《しもきた》半島とその周辺だけで用いられる山伏神楽の名称で、青森県の東通村《ひがしどおりむら》を中心に、近隣のむつ市、六ケ所村《ろっかしょむら》、横浜町《よこはままち》、野辺地町《のへじまち》などに伝承されている。なかでも東通村を中心にした能舞は継承・保存の状態がよく、一九九一年（平成三）に「下北の能舞」として国重要無形民俗文化財に指定されている。

源流と展開　『東通村の能舞』［一九八四、三頁］によると、能舞を下北にもたらしたのは主に東通村目名《めな》の目名不動院（目名三光院とも）を中心にした山伏（修験者）で、一五〇〇年頃から活動したという。また門屋光昭《かどやみつあき》［二〇〇七、三四七頁］も、能舞をもたらしたのは修験者であり、中世後期から江戸時代初期にかけてだったという。その後、山伏（修験者）たちは藩の支配の下で能舞を独占し、春祈祷などで定められた村落（霞《かすみ》と称する山伏の縄張り）を回り、村人のために能舞を舞っていた。

それが明治政府の神仏分離政策によって山伏たちが退転し、能舞は山伏から村落の若者組に継承された。目名不動院の山伏が春祈祷を催し、それに従った若者たちが能舞を継承した経緯は、『東通村史―民俗・民俗芸能編―』［一九九七、五三三～五三七頁］に詳述されている。現在では、その若者組を基盤にした保存会が能舞を管理している。

演目　能舞も山伏神楽の一類なので、基本的に山伏神楽と同じ演目をもっている。しかし地域なりの特色もあって、その分類が若干違う。『東通村の能舞』［一九八四、六頁］は、次のように分類している。

⑴　道行楽…甲斐の下り。

(2) 権現舞…権現舞・もうたり。

(3) 儀礼舞…鳥舞・かご舞（へんざい・千歳とも）・翁・三番叟（以上四曲を式舞としている）・ばんがく。

(4) 武士舞…信夫・十番切・渡辺（羅生門とも）・鈴木・曽我兄弟・鞍馬・屋島・巴御前（木曽・太田八郎・きゆ舞とも）。

(5) 祈祷舞…**鐘巻**。

(6) 道化舞…蕨折（薪切り・根っこ切り・牛舞とも）・天女（天理・とれあら舞とも）・ねんず・雀追・きつね舞（狩人とも）・田植（えぶりすり・おおずくなとも）・地蔵舞（ごばんしゅうとも）・年始舞（しゅうど礼《れい》とも）・綱引・出子助。

演舞の時期　能舞が演じられる時期は、主に正月（元旦と二日）・小正月（十五日）、二月の春祈祷、秋祭りを中心にした神社の祭礼、十二月の熊野様の年取りなどである。

演舞の場所　能舞を上演する場所は通常、次の図のように設営し、演者を配置する。

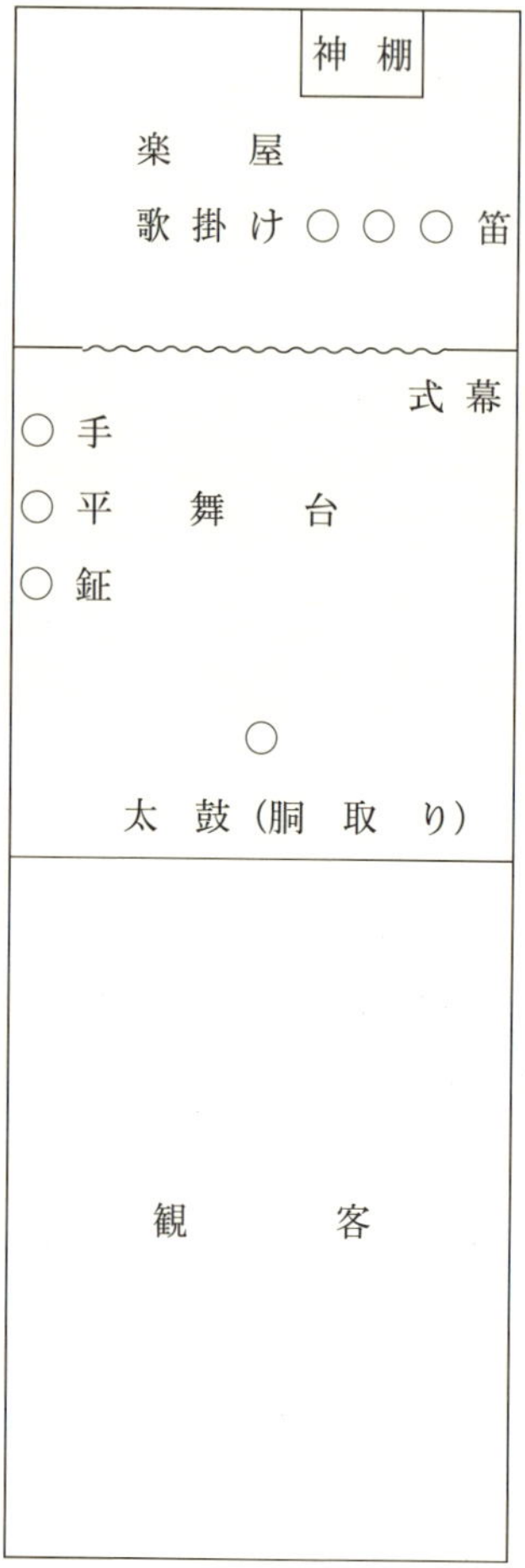

演舞の場所

『東通村の能舞』［1984，8頁］より。ただし図の表記を一部変更している

権現様を安置する神棚の前に式幕を張り、楽屋と舞台を仕切る。笛（一人）と歌掛《うたか》け（二〜三人）は、式幕の後ろで式幕にあけた覗き穴から舞台を見ながら演奏する。手平鉦《てびらがね》（二〜三人）は舞台脇に居並び、太鼓を担当する胴取《どうど》り（一人）は舞い手に正対して座し、舞い手と呼吸を合わせて太鼓を打つ。集落によっては観客の真ん前で太鼓を打つことを嫌い、脇に位置することもある。

三　山伏神楽の変容

山伏から村人へ　芸能の常として、山伏神楽も時代の変化とともに変容していったろう。例えば『本海番楽―鳥海山麓に伝わる修験の舞―』［二〇〇〇、六〜八頁］によると、鳥海山麓の「本海番楽《ほんかいばんがく》」の創始者は本海という当山派《とうざんは》の修験者・芸能僧で、江戸初期の寛永年間（一六二四〜四四）に村人に伝えたという。山路［一九八七、一五頁］によると、このことは番楽が早くに修験者の手を離れ、村人の民俗芸能になったことを意味している。

この点、同じ山路によると、南部藩に伝えられた山伏神楽は、幕末頃まで修験者が管理し、村人がその弟子神楽として演じたのは、幕末以降だったという。そして明治新政府の断行した神仏分離策などによって山岳信仰が大きく変容し、山伏神楽の管理者が山伏（修験者）から村人に大幅に移行した。

こうしていわゆる「百姓神楽」が定着した。そしてこの神楽の管理者の移行は、山伏神楽の内実をかなり変容させたろう。

変容する詞章　山伏神楽の詞章に限定していうと、次のような変容が想定される。山伏神楽は郷土芸能・民俗芸能として人々に愛されている割には、その詞章が意外に難解であり、地域によって伝承に落差がある。

演者数を極力節約するためか、詞章の発言者が判然としない場合がある。また伝承されているうちに、詞章が訛ったり誤解されたりしている。また詞章が欠落したり欠落しかけたりし、場合によっては段落ごと欠落している。また詞章がしばしば前後・錯誤・重複している。こうして詞章が難解になり、段落構成が不鮮明になっている。

本来の芸態　これは一見すると、口頭伝承が本来持っている弱点のように見える。しかし口頭伝承は、元来強靭な伝承方法でもある。同じ伝承を複数者が責任をもって伝承する時、若干の誤伝があっても、本来の姿を取り戻せるだけの復原力を持っている。とくに修験道の専門家（山伏）が神楽を管理する場合、師弟間で厳重な伝授・習得が求められたろう。また一座内でも研修を重ね、伝承の転化を補正したろう。このようにきっちりと管理された芸能は、しっかりした芸態を保って的確な本文を持ち、人々の理解しやすいものだったはずである。

こうしてみると現行のように山伏神楽の詞章が難解になり、段落構成が不鮮明になったのは、共同体の変容に伴って山伏による山伏神楽が衰退し、また山伏神楽の管理が玄人の山伏から素人の村人に移行し、狭い地域ごとに分断されて伝承されてきたからだ、と想定される。

四　本書のねらい

能舞〈鐘巻〉の復原　本書では能舞〈鐘巻《かねまき》〉を取り上げ、分かりにくくなっている本文の復原を図る。

〈鐘巻〉の鑑賞　また、この復原された本文を基にし、能舞〈鐘巻〉の魅力、主題を探り、道成寺系統の〈鐘巻〉との比較から読み取れること、新たな解釈の可能性を探る。

〈鐘巻〉に見られる女性観　そして最後に、能舞〈鐘巻〉における女性観がどのようなものかを、黒川能〈鐘巻〉と比較しながら考える。

第二章　能舞〈鐘巻〉の復原

畠山　篤

一　原本文の復原

原本文の探求　一章で述べたように、山伏神楽はわかりにくくなっている。芸態は時代や地域によっていささか異なるので、その本来の芸態を完璧に復原することは元よりありえないけれども、その芸態の中核になる本来の詞章と思われる原本文がある程度確定しないと、その演目の真の姿が明らかにならないだろう。

そこで原本文を確定するために、もし存在するならばかつての山伏たちが書き記した神楽の台本（言立本《ことだてぼん》という）を入手したいところである。しかし宗教家の常として、神秘なものほど口伝に頼りがちである。

この点、村人の書き記した言立本が多く、また現に村人は口頭でも詞章を伝承している。このかつての、あるいは現行の言立本を収集し、比較しながら読み解くことが、最も現実的で有効な方法である。

現本文から原本文を復原する　原本文の復原にあたっては、一定のテキストに基づかなければならない。本書では「能舞《のうまい》」をベースにし、必要に応じて「山伏神楽」「番楽」などと比較しながら、本来の詞章・原本文の復原を試みる。

まず能舞の代表的な本文とその他の特徴的な本文を記述し、また山伏神楽・番楽などの代表的・特徴的な本文も記述して比較・検討する。この作業を通じて、各本文の発言者を明らかにする。また文脈に適当する語句を選定しながら、難解な語句に解釈・語釈を施す。そして欠落した本文・段落、あるいは欠落しかけている本文・段落を明らかにする。

この方法は、複数の「現本文」から一つの「原本文」を再構築するものである。この原本文を復原する方法は、かつて神楽を演じた山伏たちが伝承の転化を補正するために行っただろう研修のあり方に通じていよう。

能舞〈鐘巻〉の復原　本書では能舞〈鐘巻《かねまき》〉を取り上げる。この演目は井浦のいわゆる「修験能」の典型で演劇性が濃く、下北半島にかぎらず人気が高く、どこでもよく演じられている。

この能舞〈鐘巻〉の原本文を、右の方法で可能なかぎり復原する。こうして復原された能舞〈鐘巻〉の構成と本文を、一覧表として示す。

二　〈鐘巻〉の諸本

能舞の諸本　能舞の〈鐘巻〉は、〈金巻〉〈鐘巻舞〉〈かねまき（舞）〉〈鐘巻道城寺〉〈道場寺〉などとも称されている。この能舞〈鐘巻〉の本文として、東通村の〈鹿橋《ししばし》のかねまき〉（テキストは『東通村の能舞』に準拠）を用いる。現行の数ある本文のなかで、最も伝承状態がいいからである。

また、この鹿橋の本文と異なる他の特徴的な諸本の本文も記述する。それらの集落の諸本は、次のとおりである。〈大利《おおり》の鐘巻A〉〈石持《いしもち》の金巻〉〈蒲野沢《がまのさわ》の鐘巻〉〈野牛《のうし》の金巻〉〈岩屋《いわや》の金巻〉〈尻屋《しりや》の金巻〉〈尻労《しっかり》のかねまき舞〉〈上田屋《かみたや》の鐘巻舞〉〈砂子又《すなこまた》の金巻〉〈白糠《しらぬか》のかねまき〉〈猿ケ森《さるがもり》の金巻〉（以上のテキストは『東通村の能舞』に準拠）、〈大利の鐘巻乃部B〉（テキストは『日本庶民文化史料集成 第一巻 神楽・舞楽』に準拠）、横浜町の〈桧木《ひのき》の鐘巻道城寺〉（テキストは『山伏神樂・番樂』に準拠）、横浜町の〈大光院獅子舞本の道場寺〉（宝暦五年・一七五五年筆録）（テキストは『青森県史─民俗編 資料 下北─』に準拠）である。

山伏神楽・番楽の諸本　山伏神楽・番楽の〈鐘巻〉の諸本は、次のとおりである。〈岳《たけ》の金巻A〉〈大償《おおつぐない》のかねまき道成寺〉〈晴山《はるやま》の鐘巻〉〈夏屋《なつや》本の金巻〉〈黒森《くろもり》の金巻A〉（『岩手県民俗芸能誌』によると文化一五年・一八一八年筆録）〈田子《たっこ》の金巻〉〈中妻《なかづま》本の金巻〉〈二階《にかい》本の金巻〉〈興屋《こうや》の金巻〉〈荒沢《あらさわ》本の金巻〉〈西長野《にしながの》の金巻〉（以上のテキストは『山伏神樂・番樂』に準拠）、〈岳の金巻B〉（文化二年・一八〇五年筆録）〈岩谷堂《いわやどう》の金巻〉（明治二一年・一八八八年筆録）（以上のテキストは『日本庶民生活史料集成 第十七巻 民

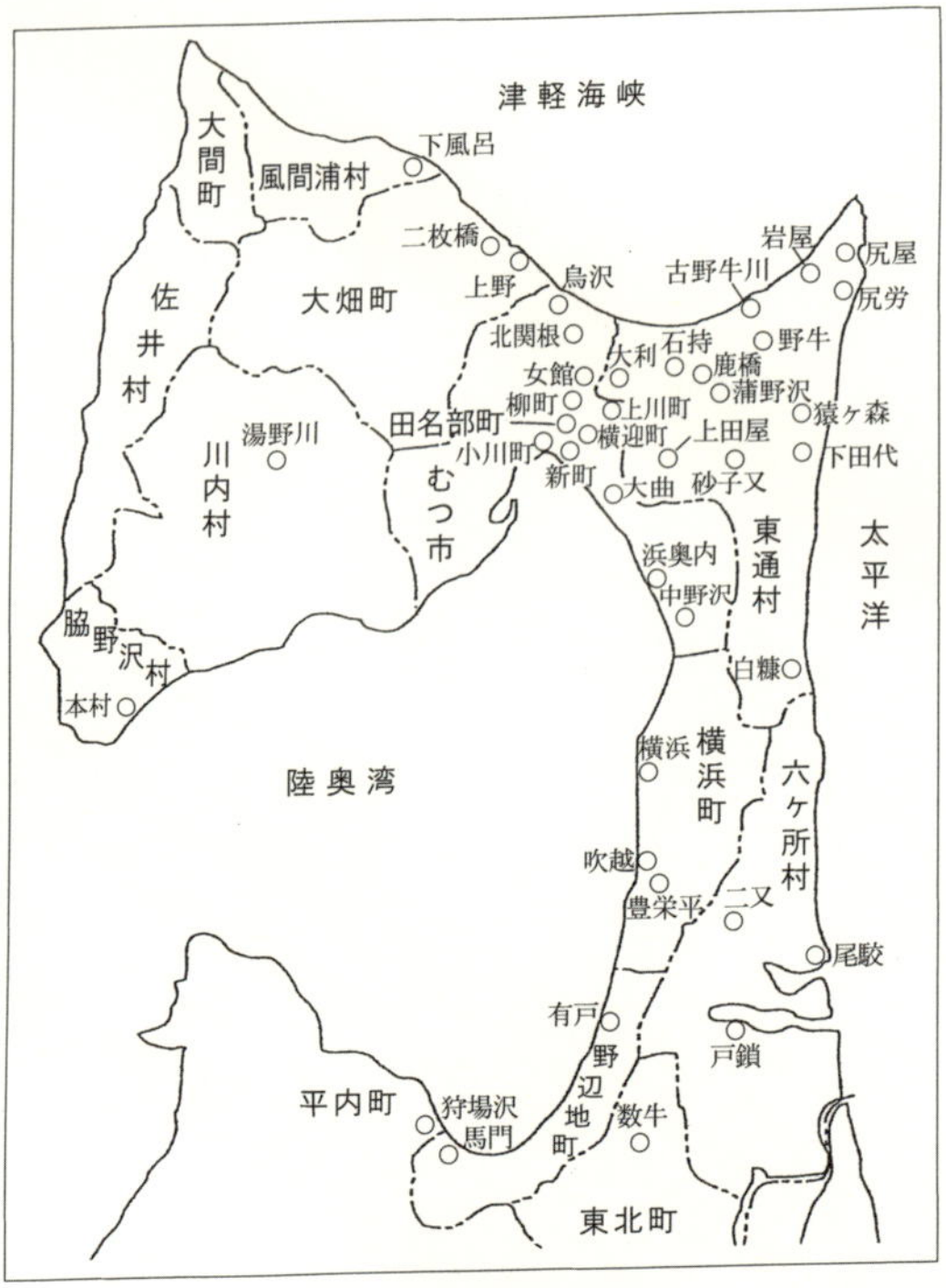

能舞の伝承地分布図
（『東通村史―民俗・民俗芸能編―』［1997, 521 頁］より）

間藝能』に準拠)、〈大償の鐘巻道成寺〉〈大償のかねまき道成寺〉にほぼ同じ)(テキストは『大償山伏神楽』に準拠)、〈黒森の道成寺〉(慶応元年・一八六五年筆録)〈篠木《しのき》の道成寺〉(以上のテキストは『岩手県民俗芸能誌』に準拠)、〈江釣子《えづりこ》の鐘巻〉(テキストは『陸前濱乃法印神樂』に準拠)、〈鵜鳥《うのとり》の金巻〉(田野畑本・三浦本・三上本・高屋敷本)〈黒森《くろもり》の金巻B〉(石垣本・上坂本・佐伯本)(以上のテキストは『陸中沿岸地方の廻り神楽報告書』に準拠)、〈鮫《さめ》の鐘巻道成寺〉(テキストは『芸能の科学2—芸能資料集2—鮫の神楽台本集成』に準拠)、〈切田《きりた》の鐘巻道成寺〉〈中山《なかやま》の鐘巻御寺〉(以上のテキストは『南部切田神楽調査報告書』

〈鐘巻〉の伝承地分布図
(能舞の伝承地を除いた〈鐘巻〉の伝承地だけを記した)

に準拠）、〈斗内《とない》獅子舞本の金まき〉（近世後期筆録と推定）、（テキストは『青森県史―民俗編　資料　南部―』に準拠）、〈根子《ねっこ》の鐘巻〉（テキストは『根子番楽』に準拠）、〈柳原《やなぎはら》の金巻〉（テキストは『山形県最上郡金山〈稲沢・柳原〉の民俗』に準拠）である。

〈鐘巻〉の伝承地　岳《たけ》、大償《おおつぐない》、晴山《はるやま》は花巻《はなまき》市、夏屋《なつや》は川井《かわい》村、黒森《くろもり》は宮古《みやこ》市、中妻《なかづま》は釜石《かまいし》市、鵜鳥《うのとり》は普代《ふだい》村、岩谷堂《いわやどう》は奥州《おうしゅう》市、江釣子《えづりこ》は北上《きたかみ》市、篠木《しのき》は滝沢《たきざわ》市、中山《なかやま》は一戸《いちのへ》町にある（岩手県）。斗内《とない》は三戸《さんのへ》町、田子《たっこ》は田子《たっこ》町、鮫《さめ》は八戸《はちのへ》市、切田《きりた》は十和田《とわだ》市にある（青森県）。二階《にかい》・興屋《こうや》・荒沢《あらさわ》は由利本荘《ゆりほんじょう》市、西長野《にしながの》は大仙《だいせん》市、根子《ねっこ》は北秋田《きたあきた》市にある（秋田県）。柳原《やなぎはら》は金山《かねやま》町にある（山形県）。

凡例　能舞〈鐘巻〉を復原するにあたって、あらかじめ次の事項をご了承いただきたい。

(1) 大段落・小段落の区分は、筆者の解釈に基づいている。
(2) 演出はテキストどおりに記述し、舞台での所作を簡潔に記述する。
(3) 本文の発言者の記述は、筆者の解釈に基づいている。
(4) 能舞の〈鐘巻〉の本文として、原則として〈鹿橋《ししばし》のかねまき〉を記述する。それ以外の本文を採る場合は、その旨を記す。
(5) その他の現行の能舞の〈鐘巻〉の特徴的な本文は、〈鹿橋のかねまき〉の本文の後の（　）に記述する。ただし、必要に応じて別に記述することもある。
(6) 横浜町の能舞〈大光院獅子舞本の道場寺〉（宝暦五年・一七五五年筆録）の特徴的な本文は、現行の能舞の本文の次に記述する。

(7) 山伏神楽・番楽の〈鐘巻〉の代表的・特徴的な本文は、必要に応じて記述する。

(8) 本文は原則としてテキストどおりに記述する。ただし理解の便宜上、以下の(9)〜(14)のように若干変えて記述する。

(9) 本文がカタカナ表記の場合は、原則としてひらがなに直す。

(10) 漢字に直せる場合は漢字に直し、ルビをテキストどおりに施す。

(11) 原則として旧漢字は新漢字にする。

(12) 明らかな誤記がある場合は、正しい表記に直す。

(13) 句読点を適宜施す。

(14) 本文に適宜Ｉ、(1)、①、ⅰ、ａ、〇などの番号・記号を施す。

(15) 写真は、東通村教育委員会から提供していただいた。これらは、東通村郷土芸能保存連合会主催「東通村郷土芸能保存連合会創立四十周年記念発表会」（二〇〇五年・平成一七年八月）で鹿橋青年会が公演した「かねまき」である。

三〈鐘巻〉の本文

前段…女が鐘巻寺の女人禁制を破って鬼神になる

1　場の設定

(1)…鐘巻寺を場とする。

演出	小段落	詞章	発言者	舞台での所作
入《はい》れ 入《はい》れ 入《はい》れ 入《はい》り 入《はい》り	(1)	①音《おと》に聞《き》く鐘巻寺《かねまきてら》とは、来《き》て見《み》れば、来《き》て見《み》れば、厳《いづく》しは（あら厳《いつく》しの）、名所《めいしょ》なるもの。名所《めいしょ》なるもの。 ②いとのさみ（いとどさに）、心《こころ》は寂《さむ》し（心寂《さび》しき）、山寺《やまでら》の、しを読《よ》みながら（御経を読みながら）、参《まい》る稚児《ちご》かな。 ③御祈祷《ごきとう》には、つるのや（城《しろ》のや・つゆのや・旧のや）、御神楽《みかぐら》、参《まい》らする。参らする。参らす神《かみ》は、重《かさ》ね重《かさ》ねには、はいや〱。	ナレーター	立派な装束をつけた一人の男が登場する。片手に扇子、片手に小道具（鐘と高札の象徴）と晒し（鐘の緒の象徴）を持ち、静かに舞う。 途中で男が小道具（鐘と高札の象徴）と晒し（鐘の緒の象徴）を舞台上手の楽屋の一人に手渡す。 男も楽屋の一人も幕入りをする。

〈大光院獅子舞本の道場寺〉の本文は一七五五年に筆録された能舞の言立て本で、現行の①を「沙門《しゃもん》神歌」として用いている。「沙門神歌」とは、沙門《しゃもん》（楽屋の者とも歌掛《うたか》けとも）が神歌を唱えるという意味である。

①音に聞く鐘巻寺を《ママ》、来て見れば、やら、いつくしの名所なるもの。〈大光院獅子舞本の道場寺〉

〈尻労のかねまき舞〉の本文は、①②の他にも次の神歌を用いている。

今朝見れば、千代外寺の、庭の苔、〱、さながら瑠璃《るり》の光なるらん。〱。

①音に聞く鐘巻寺と、来て見れば、〱、やれや、いづこそは、名所《めんしょ》なるもの。名所《めんしょ》なるもの。

②いとどき《ママ》さに心寂しや山寺に、経読みながら参り着くかな。〱。

春来れば、沢べの柳は糸よりてく靡《なび》くにつけても、春は来にけり。く。〈尻労《しっかり》のかねまき舞〉

神声・受声・掛け歌　この段落は、山伏神楽で用いる「神声《かんごえ》・受声《うけごえ》・掛け歌」に相当している。『日本演劇史』［一二六五〜一二六七頁］によると、これは一曲の序曲というべきもので、神歌と常の歌（和歌などの短詩形）の場合がある。登場人物が登場する前に、これによって一曲の曲趣と内容の一部が示されている。ここではナレーター（胴取り）が楽屋の者と掛け合いをし、①②③の三首で場を設定し、登場人物（旅の女）を舞台に送り出している。楽屋の者は「沙門《しゃもん》」とも「歌掛《うたか》け」ともいい、劇の進行や内容説明を受け持っている。鹿橋では、①②は寺で演じて神社では演じないといい、③は神社で演じて寺では演じないという。しかし神仏混交時代には、共に演じたろう。

①の語釈　「鐘巻寺」の名称は怪奇でいわくあり気である。「厳《いつく》し」は威厳がある義。「名所なるもの」の「もの」は感嘆を表す。

②の語釈　「いとどさに」は「いとど」（一入《ひとしお》の義）と同じか。「いとのさみ」は、その訛りだろう。寺なので、稚児が「経読みながら」参るのが適当である。別伝の「し」は、「書《しょ》」の訛りあるいは「詩《し》」（漢詩）か。鐘巻寺を「山寺」といっているので、鐘巻寺は山岳寺院である。

③の語釈　この神歌は能舞の代表的な神歌である。「はいや」は神楽を奏上するときの掛け声である。

山伏神楽の本文を、次に挙げる。

②いとゝなに、心の留る此寺に、経読《よ》みなから、招ちこ達。〈中妻本の金巻〉

「招ちこ達」は「参る稚児たち」の誤伝だろう。

神声　忘《わす》れても女に心を許《ゆる》すまい。鐘巻《かねまき》寺を見るにつけても。

池の汀《みぎは》の桜のかげよりも及ばぬ枝にかゝる白波。〈鵜鳥の金巻〉（田野畑本）

〈忘れても〉の歌は〈鐘巻〉から導いた教訓で、〈鐘巻〉の主題に対する解釈がかなり鮮明に述べられている。

⑴の復原　以上から能舞の⑴は、次のように復原できよう。

小段落	詞章	発言者
⑴	①音に聞く鐘巻寺《かねまきてら》とは、来てみれば、来てみれば、あら、厳《いつく》しの、名所なるもの。名所なるもの。 ②いとどさに心寂《こころさび》しき山寺に、経《きやう》読みながら参《まゐ》る稚児《ちご》かな。 ③御祈祷《ごきたう》に千代《ちよ》のや御神楽参《みかぐらまゐ》らする。参《まゐ》らす神は重ね重ねに。はいや。はいや。	ナレーター

舞台での男の所作　舞台での所作をみると、烏帽子を被り、腰に刀を差し、立派な装束をつけた男が登場する。右手に扇子、左手に小道具と晒しを手にして登場し、静かに舞う。小道具は「鐘」と「高札（禁札とも）」を象徴し、晒しは「鐘の緒」を象徴している。

そして男は清めの散米をし、小道具と晒しを舞台の上手《かみて》に蹲《うずくま》る楽屋の一人に手渡してから退場する。その幕入りに続き、舞台の上手に蹲る楽屋の一人も小道具と晒しを持って楽屋に去る。あるいは、そのまま舞台に控えている。

その後の楽屋の者の動き　この後の能舞の⒇になると、前述した楽屋の一人が小道具（鐘の象徴）と晒し（鐘の緒の象徴）を手にして再び登場し、舞台の上手に蹲り、次の動きをする。あるいは、そのまま舞台に控えていた楽屋の一人が、次の動きをする。まず「鐘の緒」に体を押し付けながら鐘の緒を手繰り、「鐘」に近付いて鐘を撞こうとする女に対して、晒し（鐘の緒の象徴）を手渡し、次いで小道具（鐘の象徴）も手渡す。

また小道具（高札の象徴）も後段㉔に登場し、この「高札」によって客僧が事件を知る。

一人二役　この最初に舞台に登場する男は、何者だろうか。まず鐘巻寺にある「鐘」と「鐘の緒」、なら

別当兼道具方

びに「高札」を舞台に設置しているので、道具方だろう。

また『東通村の能舞』［一八頁］の〈鐘巻〉の解説によると、「曲の始めは、別当が鐘の緒を巻いた禁札を左手に、白扇を右手に持って翁舞と同じ静かな舞い振りで舞う。別当は金札《ママ》を舞台に置いて去るが、この禁札は鐘を意味すると思われる」とある。このような演出もあるので、この男は別当でもあろう。現に、蒲野沢《がまのさわ》ではこの登場人物を別当と称している。ただし別当の詞章が(4)以降にあるので、別当がここで登場し、退場するのは、時間的に対応していない。こういう点では、神楽の演出、所作はかなりおおらかである。

なお解説では「鐘の緒を巻いた禁札」が「鐘」を意味すると説くものの、これは「鐘」と「鐘の緒」と「禁札（高札）」の三つを意味している。

こうしてみると最初に登場する男は、道具方、別当の二役を兼ねており、(1)の詞章とは無関係である。

山伏神楽の演出　この点、山伏神楽の演出は、どうだろうか。『山伏神樂・番樂』［二九八頁］の〈田子の金巻〉の解説によると、「鐘」と「鐘の緒」について次のような演出がある。「はじめ、頬冠り、平服、羽織の沙門風のものが扇をとつて出、〈祈の宮が近ければ〉の歌を歌ひつゝ、その場にめぐり、扇を指しなどして一舞あり、次に刀に帯をつけたものをとつて、右方にいたゞき、左方にいたゞき、中にいたゞきして、尚一舞あると、胴にそれをさして入る、これは鐘の體である。帯は鐘の緒である」。これは能舞と似た演出なので、ここに登場する男は、道具方と別当の二役を兼ねているようである。

しかし次のように、道具方・黒子に徹している場合もある。『山伏神樂・番樂』［二八五頁］によると、〈岳の金巻A〉では、⑵⑶で女が登場している時、楽屋の一人が、支えの棒に黒紋付きの衣裳、もしくは黒風呂敷を掛け、上方を括って「鐘」の体に拵え、竜頭《りゅうず》にあたるところに赤いしごき帯の一端を結び、その帯を畳んで掛けておいたものを持って舞台に蹲《うずくま》っている。この帯は「鐘の緒」に見立てられている。

番楽の演出　また『山伏神樂・番樂』［三〇三頁］の〈興屋の金巻〉の解説によると、番楽では「高札」について次のような演出がある。後段に入ると、「甲、面、帯刀、袴の者が襷を輪袈裟風に下げて出、扇を開き、太刀に手をかけ、「高札あり」と言つて胴取より、高札の體で、小太刀に烏帽子をつきさしたものを受とり、左足を前にし、扇を振りつヽ、自分で言葉をいふ」。ここでは「小太刀に烏帽子をつきさしたもの」が、「高札」を意味している。ここで胴取りから「高札」の象徴を受け取ってさまざまな所作をする者は、道具方である。

2　女の参詣と女人禁制

⑵…旅の女が鐘巻寺へ道行きする。

演出	小段落	詞章	発言者	舞台での所作
女幕《まく》出《だ》し	⑵	愈《いよいよ》急《いそ》ぐ行《ゆ》くほどに、愈急ぐ行くほどに、鐘巻寺《かねまきてら》に着《つ》きにける。	女	女が登場する。

〈大光院獅子舞本の道場寺〉の本文は、現行の能舞とほぼ同じである。

漸々急き行程に、漸々急き行程に、鐘巻寺に着にけり。〈大光院獅子舞本の道場寺〉

道行き　この段落は、旅の女が鐘巻寺に至る道行きである。ここで、女が舞台に登場する。

山伏神楽・番楽の本文は、次のようにおよそ能舞と同じである。

漸《や》う〳〵、急《いそ》き行く程に、鐘巻《かねまき》寺に付にける。〈江釣子の鐘巻〉

楽屋　漸《や》う〳〵、急《いそ》ぎ行く程に〳〵、鐘巻《かねまき》寺を 志《こころざ》し〈大償のかねまき道成寺〉

(2)の復原　以上から能舞の(2)は、ほぼ本来の本文を伝えている。

(3)…女が名乗り、鐘巻寺に到着し、参詣を申し出る。すなわち、私は都の名のある布施屋の一人娘で、日本中の堂や寺、名所旧跡をおおよそ見巡り、鐘巻寺だけを見ていないので、鐘巻寺へと急いでいる。鐘巻寺に到着し、参詣させてほしい、と別当に願い出る。

演出	小段落	詞章	発言者	舞台での所作
幕付《まくづ》き	(3)	①御前《おおまい》に罷《まか》り立《た》ったる女《おんな》とは、いかなる女、と思《おぼ》し召《め》す。 ②我《われ》は是《こ》れ、そうも都《みやこ》に、隠《かく》れなし（隠れなき）、ひょう屋《や》（布施屋・清《せい》屋・せ屋・平屋・ひーやー・ひいや・平野・世之屋）の、長者《ちょうじゃ》の、一人姫《ひとりひめ》にてござ候《そうろう》。 ③日本《にほん》は（日本な・日本の）、堂々寺々《どうどうてらでら》、名所旧跡《めいしょきゅうせき》とて、あらあら、見巡《みめぐ》り候《そうら》いしが、未《いま》だ音《おと》に聞《き》く、奈良《なら》の石堂《いしどう》と（奈良の石堂の、奈良の石土の）、鐘巻寺《かねまきでら》を、見《み》んづ候《そう》ほどに（観んず候程に）、鐘巻寺《かねまきでら》と（鐘巻寺へと）、愈《いよいよ》、急《いそ》ぐ女《おんな》にてござ候《そうろう》。	女	

〈大光院獅子舞本の道場寺〉の本文は、基本的に現行の能舞と同じである。

①おう、御前に罷立る女をは、いかなる女、と思召。

②我れはこれ、そうも都に隠れなき、布施屋の長者の、一人姫にて御座候。

③日本は、堂々寺々、名所旧跡とて、粗々《あら》、見巡り候へ共、未音に聞、奈良の石堂と鐘巻寺を、見《み》んす候《そう》程に、鐘巻寺へ、漸々急く女にて候。〈大光院獅子舞本の道場寺〉

①の語釈　「思し召す」は、旅の女が観客を尊敬している。①は型どおりの自己紹介の冒頭部で、旅の女が自分の素性を観客に推測させている。

山伏神楽・番楽の本文　この能舞の②③（とくに③）には問題が多い。そこでまずこの段落に相当する山伏神楽・番楽の本文を挙げて、比較・検討する。なおⅠⅡの記号は、およそ本文が完全形から省略形へ移行する過程を示している。

Ⅰ　①おふ、こふ御前《おんまえ》に立《た》つたる女《おんな》をば、いかなる女《をんな》、と思召《おぼしめす》よのふ。

②我是《われこれ》、西《にし》の国《くに》ひへやの長者《ちょうぢゃ》、一人《ひとり》の姫《ひめ》にて候《そふろう》。

③我《われ》も日本《にほん》わ、あら〱、嶺《みね》々、嶽《たけ》々、寺々、堂塔《とふとふ》、名所旧跡《めいしょきゅうせき》、一見《ゐつけん》いだし候得共《そうらいとも》、未《いま》た音《おと》に聞《き》く、ゆらの開山《かへさん》、金巻寺《かねまきてら》を、拝《おが》み申《もふ》さん。此度思《このたびおも》い立ち《たち》、ゆらの開山《かへさん》、金巻寺《かねまきてら》にいと、漸《よふ》々、急《いそ》く女《おんな》にて候か、

④金巻寺《かねまきてら》の別当《べっとう》、坊内《ぼううぢ》にましますかよのふ。〈岳の金巻B〉

③「ゆらの開山、金巻寺《かねまきてら》」は「ゆらの開山」した「鐘巻寺」の義。「ゆら」は僧侶の名前である。

姫　①御前《まえ》に立たる女をば、いかなる女、と思召ことの候。

②忝け無も、かまくらの開山、伏やか長者の、一人姫にて候。

③日本国をも、あら〱、片の廻りにも、見巡《めぐ》りて候。今た伝聞、ゆらの開山、彼金巻寺を、今た見《み》ず候。此度思立、一見せばや、と存候。

④別当の御坊は、内に御座しますかなう。〈江釣子の鐘巻〉

②「かまくらの開山」は③「ゆらの開山」に引かれた衍文《えんぶん》か。②「伏やか長者」は③「布施屋が長者」の義。③「片の廻り」は「堂塔方の巡り」の「堂塔」を欠いた形か。③「今た」は「未だ」の義。③「ゆらの開山、彼金巻寺」は「ゆらの開山」した「かの鐘巻寺」の義。

①参り行、か様に出立たる女をば、いか成女、と思召のふ。
②我は是、都に隠《かく》れもなき、布瀬屋の長者の、一人《ひとり》姫にてお座候か。
③名所旧跡、堂々仏閣、皆不残一見な申て候得共、音に聞、鐘巻寺を、拝み不申候程に、
④鐘巻寺の道を、教て玉ひかしのふ。〈黒森の道成寺〉
①さん候。こう御前に罷《まか》り立たる女をば、いかなる女、と思召。
②そふも、我これ、宮古に隠《かく》れもなき、なにうらやなのべの長者《しゃ》の、一人《ひとり》姫にて御座候か、年は当年
　廿三歳。
③日本は、あら〱、名所旧跡《きうせき》、堂《どう》々寺々迄も、皆《みな》、一見《いっけん》申ては候へとも、今た音《おと》に聞、こうの鐘巻《かねまき》
　寺を、拝《おかま》ん其ために、漸《よふ》々、急《いそ》ぐ参る女にて御座候。
④それによつて、鐘《かね》の供養《ぎやう》が御座候かやのふ。〈黒森の金巻A〉

②「そふも」は「そも」で「そもそも」、「宮古」は「都」、③「今た音《おと》に聞、こうの鐘巻《かねまき》寺を、拝《おかま》ん」は「未だ音に聞く、この鐘巻寺を、拝まぬ」の義。④「鐘の供養《ぎやう》」は、若い女が鐘の供養の日に参詣を願い出る能楽や歌舞伎の「道成寺」の影響を受けていよう。ただしこのような本文の類例は、他にない。

以上のⅠは、一応すべての要素（①～④）を備えている。このⅠの類例として、他に〈二階本の金巻〉〈岩谷堂の金巻〉〈柳原の金巻〉などがある。

Ⅱ楽屋②われはこれ、布施《ふせ》屋の長者の、一人の姫にて候ひしは。

③日本な、あらく〳〵、堂塔寺々、名所旧跡を、皆、一見いたし候へども、未だ音に聞く、よ（ゆ）らの開山、鐘巻《かねまき》寺を、拝み申さず候程に、この度思立ち、よらの開山、鐘巻《かねまき》寺へと、漸《やう》々、急ぐ女にて候。

④寺住、いかに案内したまふべしの。〈大償のかねまき道成寺〉

③「よ（ゆ）らの開山、鐘巻《かねまき》寺」は「よ（ゆ）らの開山」した「鐘巻寺」の義。「よ（ゆ）ら」は僧侶の名前で、〈大償の鐘巻道成寺〉によると「ゆら」は「由良」と表記されている。「よら」は「養良」などだろう。

②紀州《きしう》牟婁《むる》の郡《こほり》、まなこのしよやか壱人《とり》姫にて候か、年を申《もふ》せば弐拾三に罷成り。

③二（日）本は、ほゝしなじな、高野・信濃《しなの》まて、三廻り廻《めく》つては候得共、未《いま》た音《おと》に聞、ならの御寺をば、一見せんほとに、一見せはやとよふし、是まで参りて候か、

④ならの御寺の鐘《かね》のしよくくわんとは、こなたの事にて候か。〈興屋の金巻〉

③「しなじな」「よふし」、④「しよくくわん」は不詳。

①さん候。かふ御前に罷出たる女をは、これいかなる女、と思《おほ》し召《め》し玉ふのふ。

②我は是そうも、都に隠れなき、なにうらやなに波の浦の長者の、一人《ひとり》姫にて御座候。

③日本は、あらく〳〵、名所旧跡、皆《みな》、巡《めく》りて候へと、未《いま》た音に聞《き》く、かの鐘巻寺を、拝《おか》ます候ほとに、漸々、急く女にてまします。〈中妻本の金巻〉

以上のⅡと現行の能舞〈鐘巻〉〈大光院獅子舞本の道場寺〉は、一つの要素（①か④）を欠いている。このⅡの類例として、他に〈夏屋本の金巻〉〈斗内獅子舞本の金まき〉などがある。

Ⅲ　③日本な、あらく〳〵、見巡《みめぐり》申ては候へ共、音に聞く、ゆらの開山（奈良の御寺）、金巻寺を、拝《をが》み申たる事はなし。漸々、急ぎ行く女にて候得しか、

④別当御坊は、内に御座ましかよのふ。〈岳の金巻Ａ〉

②自《みつか》らは、花《はな》の都《みやこ》の片辺《かたほとり》布瀬屋《ふせや》ケ長者《がてうじや》の壱人姫《ひとりむすめ》にて候《さふろ》が、

③名所旧跡堂宮寺々《めいしょきうせきとうみやてらてら》、日本《にほん》は広《はろ》かりしと聞《き》こえ（カ）つれど、あらく、拝《おか》んでは候《さふら》へど、鐘巻《かねまき》をば未《いま》た拝《おか》まねは、其御寺《そのおてら》を拝《おか》まん、と急《いそ》く女《おんな》にて候《さふろ》。〈鮫の鐘巻道成寺〉

以上のⅢは、二つの要素（①②か①④）を欠いている。

布施屋　笹森［二〇〇〇、二九頁］によると、②「布施屋《ふせや》」は奈良平安時代に主要道路の難所に設けた緊急用の宿泊施設で、渡河《とか》地点などに官費で設置・維持され、旅で難渋した運脚夫などを救済収容したという。「布施屋《ふせや》」の類語として「天《あめ》の布施屋《ふせや》・天《あめ》のひせや・伏や・ひへや・清《せい》屋・せ屋・平屋・ひーやー・ひいや・平野・ひょう屋・世之屋」がある。後段㉔では、右の他に「富勢屋・伏屋・勢屋・平家・せいや・ひゐ・なこのしよや・久敷や」ともいっている。いずれも「布施屋《ふせや》」の訛りだろう。

この他、「布施屋」と同位相にあるのが、「なにうらやなのべ・なにうらやなに波の浦・天下」である。「布施屋」（とその類語）は都、紀伊国、西国にあるという。能舞の場合は都にあるという。

見残した寺は鐘巻寺だけ　山伏神楽・番楽の③は一貫して、日本の名所旧跡・寺院をほとんど見巡り、見残した寺は評判の高い鐘巻寺だけだ、と述べている。

そしてその所在地が不鮮明であるものの、山伏神楽・番楽の③は「よら（ゆら）の開山、鐘巻寺」「奈良《なら》の御寺、鐘巻寺」「奈良《なら》の御寺」「鐘巻寺」となっていて、鐘巻寺と奈良《なら》の縁が深いように見える。

奈良の石堂と（の）鐘巻寺　この点、能舞の③も「奈良《なら》の石堂《いしどう》と（の）鐘巻寺」とあり、鐘巻寺と奈良《なら》の縁が深いように見える。もし「奈良《なら》の石堂《いしどう》と鐘巻寺」だとすると、女の見残したのが「奈良《なら》の石堂《いしどう》」と「鐘巻寺」の二つになり、「奈良《なら》の石堂《いしどう》の鐘巻寺」とすると、女の見残したのが「奈良《なら》の石堂《いしどう》の鐘巻寺」だけになる。

ただし、能舞の③にある「石堂《いしどう》（石士《いしど》）」は、山伏神楽・番楽のどこにも登場してこない。

鐘巻寺の所在地　以上、山伏神楽・番楽の③と能舞の③を見ると、「鐘巻寺」の所在は奈良にあるように見える。

しかし能舞の(16)(24)とそれらに相当する山伏神楽・番楽の本文によると、鐘巻寺の近くに「浅間《あさま》ケ嶽《だけ》」「朝《あさ》熊《ま》ケ嶽《だけ》」「東《あづま》ケ嶽《だけ》」あるいは「愛宕《あたご》山、鞍馬《くらま》山」があるという。(16)で後述するように、「鐘巻寺」が「浅間ケ嶽」の近くにあるとすると信州・上州あるいは駿河・甲斐が、「朝熊ケ嶽」の近くにあるとすると伊勢が、「愛宕山、鞍馬山」の近くにあるとすると京都が、それぞれ「鐘巻寺」の所在地だとわかる（なお「東ケ嶽」の所在地が不明なので、この場合は「鐘巻寺」の所在地が不詳である）。

こうしてみると、奈良《なら》は「鐘巻寺」の所在地ではなかろう。また「よら（ゆら）」と「奈良《なら》」のラが共通しているので、「よら（ゆら）」（人名）が「奈良《なら》」（地名）に誤伝された、と考えられる。そこでさらに、山伏神楽・番楽における「奈良《なら》の御寺《みてら》、鐘巻寺」はありえないとわかる。

また「石堂《いしどう》（石士《いしど》）」は「開山《かいざん》」と同じ文脈に位置しているので、「開山《かいざん》」のイザと「石堂《いしどう》」のイシドの音が類似しているところに起因する誤伝だ、とみられそうである。

養良（由良）の開山、鐘巻寺　したがって能舞の「奈良《なら》の石堂《いしどう》と（の）鐘巻寺」の本来の形は、「よら（ゆら）の開山《かいざん》、鐘巻寺」〈江釣子の鐘巻〉〈岳の金巻AB〉〈大償のかねまき道成寺〉だ、といえるだろう。すなわち「よら（ゆら）」は僧侶の名前で、例えば「養良《よら》」「由良《ゆら》」などが「開山」した「鐘巻寺」という意だろう。

鐘巻寺への執心　こうしてみると、女の見残した寺が信州・上州あるいは駿河・甲斐あるいは伊勢あるいは京都に所在する「鐘巻寺」だけだということになる。

そうだとなると、日本全国の寺社仏閣、名所旧跡をすべて見巡るという念願を叶えるために、「鐘巻寺へと漸《やうや》う急ぐ女にてござ候ふ」という文脈が精彩を帯びてくる。現に山伏神楽・番楽のほとんどが、全国の寺社仏閣、名所旧跡を「皆《みな》」「あらあら」見巡った、と述べている。

こうしてみるとこの唯一残った寺巡りで満願が成就するという高揚した気持ちが、鐘巻寺での怪奇な事件を引き起こす下地になっていると解される。これが見残した寺が二つとなると、女を過激な言動に駆り立てた根拠が弱くなる。

(3)の復原　以上から能舞の(3)は、およそ次のように復原できよう。

小段落	詞章	発言者
(3)	①御前《おんまへ》に罷《まか》り立《た》ちたる女《をんな》とは、いかなる女、と思《おぼ》し召《め》す。 ②我《われ》はこれ、そも、都に隠れなき布施屋《ふせや》の長者《ちやうじや》の、一人姫《ひとりひめ》にてござ候《さふら》ふ。歳《とし》は当年《たうねん》二十三歳。 ③日本《にっぽん》な、堂々《だうだう》寺々、名所旧跡《きうせき》とて、あらあら見巡《みめぐ》り候ひしが、未《いま》だ音に聞く、養良《よら》（由良《ゆら》）の開山、鐘巻寺を、見ず候ふほどに、鐘巻寺へと漸《やうや》う急ぐ女にてござ候ふ。 ④鐘巻寺と申《まう》すは、この方《はう》にて候ふか。別当《べったう》の御坊《ごばう》、内に御座《ござ》ましますかの。	女

(4)…別当は、鐘巻寺が貴い寺で昔から女の参詣した例がないので、早くお戻りくださいという。

演出	小段落	詞章	発言者	舞台での所作
	(4)	○ああら、何《なに》ともなく別当《べっとう》の仰《おほ》せかな。	ナレーター	
		①鐘巻寺《かねまきでら》と申《もう》せば、尊《たっと》き御寺《みてら》のことなれば、 ②昔《むかし》よりして、女《おんな》の参《まい》たる例《れい》はなし。 ③それより、夙《と》く夙《と》く御戻《おんもど》り候《そうろう》べしいのー。	別当	

〈大光院獅子舞本の道場寺〉の本文は、次のとおりである。

○おう、なにともなき女の仰せやう。

①鐘巻寺と申候は、尊《たっと》き御寺の事なれは、

②昔が今に至《いた》るまで、今は昔に至《いた》るまで、女参りたる例はなし。

③それから、夙《た》う〳〵御戻《もと》り候へ。〈大光院獅子舞本の道場寺〉

ナレーターと別当の驚きのことば　現行の能舞の○は、(4)の別当の発言（①②③）を聞いたナレーターの先取りした驚きのことばである。これに対して〈大光院獅子舞本の道場寺〉の○は、前の段落（3）の女の発言を聞いた別当（あるいはナレーター）の驚きのことばである。

この二種類の驚きのことばは、女と別当の緊迫したやり取りを反映し、さらに数回反復されている。ただし二人の緊迫した問答は前段の最後まで繰り返されているのに、驚きのことばはやがて立ち消えになっている。

この点、山伏神楽・番楽の本文にはナレーターと別当の驚きのことばが一切なく、他はほぼ能舞と同じである。こうしてみると驚きのことばは能舞だけが施した中途半端な付け加えだ、と考えられる。そこで、この驚きのことばは原本文から削除する。

(4)の復原　以上から能舞の(4)は、次のように復原できよう。

小段落	詞章	発言者
(4)	①さん候《ざふら》ふ。鐘巻寺と申《まう》せば、貴《たっと》き御寺《みてら》のことなれば、 ②昔よりして、男《をとこ》参《まゐ》れども、女《をんな》参らぬ御寺《みてら》ゆゑ、 ③女の身として、それより疾《と》く疾《と》く御戻《おんもど》り候《さふら》ふべしいの。	別当

(5)…女は女人禁制に納得しない。

演出 小段落	詞章	発言者	舞台での所作
(5)	○あらあら、何ともな女の申しものかな。	ナレーター	
	①金巻寺と申すは、貴《たっと》き事なれば、 ②昔より、女参りたる例はなし。 ③これより、夙《と》う夙《と》う御戻《おんもど》り候《さふらふ》べしの。〈野牛の金巻〉	女	

〈野牛の金巻〉〈鹿橋のかねまき〉以下の能舞はこの段落を欠落しているものの、〈野牛の金巻〉だけが(4)の後に右のように(5)を伝えている。〈野牛の金巻〉のこの段落は、一見すると前の段落（4）の単なる反復・衍文のように見える。しかし、「○あらあら、何ともな女の申しものかな」と女の発言にナレーターが驚いているので、女が前の段落（4）の別当の発言を(5)で鸚鵡返しにして反問したことに驚いているようである。

山伏神楽の本文は、次のとおりである。

①此御寺と申は、そも貴き御寺の事なれば、
②男参れと、女の参らん御寺故、
③女の身として、是より、帰《かへ》れ、とのたまふかよのふ。
④をを、さん候。〈岳の金巻A〉

①其貴御寺のことなれば、
②女人参ん御寺也。
③夫から、とゝ皈れ、との玉ふかなう。〈江釣子の鐘巻〉

楽屋女郎　①この寺と申すは、そも、霊場不思議《ふしぎ》の御《み》寺故、
③女の身として、これより、夙《と》く〳〵帰《かへ》れ、とのたまふかよの。〈大償のかねまき道成寺〉

以上の三例は、女が前の段落の別当のことばを鸚鵡返しにして③「〜とのたまふかよの」と反問し、別当が④でそのとおりだと応じている。以上から〈野牛の金巻〉は、③の後の「とのたまふかよの」と④を欠落しているとわかる。

なお能舞と番楽がこの段落をほぼ欠落させているのは、前の段落と重複していると考えて省略したからだろう。

(5)の復原　以上から能舞の(5)は、次のように復原できよう。

小段落	詞章	発言者
(5)	①鐘巻寺と申《まう》せば、貴《たつと》き御寺《みてら》のことなれば、 ②昔よりして、男《をとこ》参れども、女《をんな》参らぬ御寺《みてら》ゆゑ、 ③女の身として、これより疾《と》く疾《と》く帰《かへ》れ、とのたまふかよの。	女
	④さん候《さふら》ふ。	別当

3　百日・千日の行

(6)…女は、鐘巻寺が貴い寺なので男が百日の行をしてから参詣し、女が千日の行をしてから参詣すると聞いているので、自分は千日の行をしてから参詣したいという。

演出	小段落	詞章	発言者	舞台での所作
	(6)	○あら、何《なに》ともなく女《をんな》の申《もう》すものをかな。	ナレーター	
		①鐘巻寺《かねまきでら》と申《もう》せいば、貴《たっと》き御寺《みてら》のことなれば、 ②昔《むかし》よりして、男参《おとこまい》れば、百日《ひゃくにち》の行《ぎょう》にて参《まい》る、と聞《き》く。 ③女参《おんなまい》れば、千日《せんにち》の行《ぎょう》にて参《まい》る、と聞《き》く。 ④我《われ》ら、よそうの者《もの》なれば（女性《にょしょう》のことなれば、行商のことなれば）、千日《せんにち》の行《ぎょう》にて参《まい》る候《そう》ほどに（参り候《そう》程に）、何《なん》の愚《うろ》かが候《そうろう》べしいのー。	女	

○は、女の発言（①～④）を聞いたナレーターの先取りした驚きのことばである。

右の現行の能舞は、四つの要素（①～④）を備えている。

〈大光院獅子舞本の道場寺〉の本文は、次のとおりである。

○おう、何ともなき別当の仰せやら。
④我れ女人の事なれは、千日の行にて参に、何のおろかは候べし。（中略）
○おう、何共なき別当の仰せやう。
②男参せは、百日の行にて参ると聞《き》く。
④我等女人の事なれは、千日の行にて参るに、何の愚《おろ》かは候へし。〈大光院獅子舞本の道場寺〉

ここの○は、前の段落の別当の発言を聞いた女（あるいはナレーター）の驚きのことばである。

山伏神楽・番楽の本文を、次に幾つか挙げる。

Ⅰ　①奈良《なら》の御寺と申は、尊き御山のことなれは、

②男は百日の行にて参る、と承る。

④我等女人の身なれはとて、千日万日の行に、何んの胡乱《うろん》か候べし。〈二階本の金巻〉

おゝ、誠《まこと》やら、伝《つた》ひ承《うけたまは》れは、

②男思《おとこおも》へは、百日の精進にて参る由《よし》、よも承《うけたも》ふ。

③又《まあだ》、女思《おも》へは、二百日の精進にて参るよし、よも承《うけたも》ふ。

④我らは、女人のことなれは、千《せん》日の行《ぎやう》を申。千《せん》日の行《ぎやう》の功力《くりき》によつて参るに、なにの子細《しさひ》が候へしのふ。〈黒森の金巻A〉

以上のⅠは、一つの要素（③か①）を欠いている。

Ⅱ　②をを、男か百日の行で参《まい》る、と承《うけたまわ》つて候。

④我女人の身なれは、千日万日《せんにちまんにち》の行にて参《まい》るに、何の子細《しさい》候へし。〈斗内獅子舞本の金まき〉

姫　それは誠《まこと》にも承《うけたまわり》て候《さふ》が、

②男は百日の精進《じん》にて参《まへ》るとや。

④婦人《ふじん》は不浄《ぢやう》の身にて候《さふら》へど、千日の行にて参るに、何《なん》の子細《しさい》か候《さふら》まし。〈鮫の鐘巻道成寺〉

以上のⅡと〈大光院獅子舞本の道場寺〉は、二つの要素（①③）を欠いている。このⅡの類例として、他に〈岳の金巻A〉〈荒沢本の金巻〉などがある。

⑹の復原　以上から能舞の⑹は、〇を除いてほぼ本来の本文を伝えている。

相対的な性差別と絶対的な性差別　女は仏教の性差別を相対的なものと心得、それを克服して参詣しようとしている。しかし以下で別当が語る「五つの不思議」と「七つの不思議」は、鐘巻寺が絶対的な差別をしていることを示し、それで別当が怱々に帰るように強く促している。したがって構成上、相対的な性差別が、この段落に位置するに相応しい。

この点、能舞〈鐘巻〉〈岳の金巻A〉〈夏屋本の金巻〉〈二階本の金巻〉〈興屋の金巻〉などのあり方が適切である。

4　五つの不思議

(7)…別当が鐘巻寺に五つの不思議があるという。

演出 小段落	詞章	発言者	舞台での所作
(7)	○ああら、何《なに》ともなく別当《べっとう》の仰《おほ》せかな。	ナレーター	
	①鐘巻寺《かねまきてら》と申《もう》せば、貴《たっ》き御寺《みてら》のことなれば、 ②五つ《いちぢ》に五つ《いちぢ》の不思議《ふしぎ》は候《そうろう》。	別当	

○は、別当の発言（①②）を聞いたナレーターの先取りした驚きのことばである。

〈大光院獅子舞本の道場寺〉の本文は、次のとおりである。

○やら、何共なき女の仰せやら。

①鐘巻寺と申は、尊き御寺の事なれは、（中略）

○おう、何共なき女の仰せやら。

①鐘巻寺と申は、尊き御寺の事は《ママ》れは、

②五つ〱に五つの不思議か候。〈大光院獅子舞本の道場寺〉

ここの○は、前の段落(6)の女の発言を聞いた別当（あるいはナレーター）の驚きのことばである。能舞の驚きのことばは、ここで終わっている。

山伏神楽の本文も、ほぼ同じである。次にその一例を挙げる。

胴前住持②さん候。こゝに五つの不思議《ふしぎ》あり。〈大償のかねまき道成寺〉

(7)の復原　以上から能舞の(7)は、○を除いて本来の本文を伝えている。

(8)…女がその五つの不思議を知りたいという。

演出	小段落	詞章	発言者	舞台での所作
	(8)	ああら、五《いち》つに五《いち》つの不思議《ふしぎ》にとりては、どれどれの—。	女	

〈大光院獅子舞本の道場寺〉の本文は、次のとおりである。

五つくに五つの不思議に取ては、とれ候そ。〈大光院獅子舞本の道場寺〉

山伏神楽の本文もほぼ同じである。次にその一例を挙げる。

楽屋女郎五つの不思議《ふしぎ》にとりては、そも。〈大償のかねまき道成寺〉

(8)の復原　以上から能舞の(8)は、本来の本文を伝えている。

(9)…別当はその五つの不思議を列挙して女人禁制を強調し、早くお戻りくださいという。

演出	小段落	詞章	発言者	舞台での所作
		ii ああら、雨《あめ》が降《ふ》れども、軒端《のきば》の露《つゆ》の、落《お》つることはなし。 さくりなけれども、風《かぜ》、うち入《い》れることもなし（内《うち》にうち入《い》れること		

	(9)	もなし)。 鐘《かね》の遠《とう》づい(鐘の遠路《とうじ》に)、消《き》え果《は》つることもなく(消え果づる事無し)。 庭《には》に花《はな》(草《くさ》)生《お》いず。 池《いけ》の(に)蝶々《ちょうちょう》(鳥々《ちょうちょう》)、何《なに》と遊《あそ》べども、声立《こえた》つることもなし。 ⅰじょうだんには(きをだにも、中谷に、京谷、つようだんに)、男木立《おほぎだ》てども、女《め》が立《た》たづ(雌木《めぎ》立たず)。 鹿《しか》わ通《かよ》いども、女《め》が通《かよ》わん、山《やま》にて候《そう》ほどに、	別当	

「五つの不思議」と「七つの不思議」が混交する能舞　現行の能舞では「五つの不思議」といいながら、合計七つも不思議を列挙している。この子供にもわかる単純な数え間違いを敢えて犯していることは、興味深いことである。

これはこの矛盾にも容易に変えがたい真実があるからだろう。すなわち本来の伝承が、変容した形でそれなりに実直に継承されてきたことを示唆している。その本来の形とは、まずⅰ「五つの不思議」を挙げて女に帰ってもらおうとしたものの、それでも女が納得しないので、次いでⅱ「七つの不思議」を挙げて是非とも女に帰ってもらおうとするものだったろう。

後述するように、ⅰの二例は「五つの不思議」に分類され(残りの三例が欠落している)、ⅱの五例は「七つの不思議」に分類されるものである(残りの二例が欠落している)。しかし伝承しているうちにⅰ「五つの不思議」とⅱ「七つの不思議」が混交し、次いでⅰとⅱの配列の順も逆転した、と考えられる。

〈大光院獅子舞本の道場寺〉の本文は、次のとおりである。

ⅰ木をたにも、男木立てとも、女木立す。

鳥をたに、男鳥通ひとも、女鳥通《かよ》わす。

鹿は、男《お》が通ひとも、女鹿通はす。

それから、とを〳〵御戻り候へ。（中略）

ⅱ雨降《ふ》れとも、軒端《のきば》に露の落る事もなし。

庭に草生《を》ゑす。

さぐりなけれと、其風内に入る事もなし。

池の鳥々、何にと遊べ共、声立《た》つる事もなし。

鐘のたうすみ、消えおつる事もなし。（中略）

これは五つ〳〵に五つの不思議で候程に、それから、夙《と》を〳〵御戻り候へ。〈大光院獅子舞本の道場寺〉

別の段落（中略の部分）が混入し、かなり錯綜しているものの、ⅰ「五つの不思議」とⅱ「七つの不思議」を合計八つも列挙して「五つの不思議」と称し、早くお戻りくださいと述べる。

「五つの不思議」と「七つの不思議」を弁別する山伏神楽

ⅰ「五つの不思議」の次にⅱ「七つの不思議」があり、そこに弁別があったことは、山伏神楽をみるとかなり判然とする。山伏神楽には、まずⅰとⅱを弁別して列挙する場合と、次いでⅰとⅱを混交させて、ⅰ「五つの不思議」と称する場合と、ⅱ「七つの不思議」と称する場合がある。

まず、ⅰ「五つの不思議」とⅱ「七つの不思議」を弁別して列挙する場合のⅰ「五つの不思議」は、例えば次のとおりである。

ⅰ木をだに、男木立ど、女木立たず。

鹿か参れと、女鹿参らず。
雄鳥通へど、雌鳥通はず。
男虫通へど、女虫通はず。
男参れど、女の参らん、寺なれば、
女の身として、夫から、すぐく返らせ玉へ。〈岳の金巻A〉

「木をだに」は正しくは「木だに」で、木でさえの義。「だに」は副助詞で、全体のうちの一部を例として挙げ、他は言外に悟らせようとする気持ちを表している。ここでは、樹木でさえ雄木《をぎ》が立てども雌木《めぎ》が立たないので、ましてや男参れども女は参らない、と言外に述べている。「鹿」は「雄鹿《をじか》」が正しい。「女の参らん」は「女の参らぬ」の義。

この類例として、他に〈岳の金巻B〉〈大償のかねまき道成寺〉〈岩谷堂の金巻〉がある。

「五つの不思議」と「七つの不思議」を混交させて「五つの不思議」と称する山伏神楽は、例えば次のとおりである。

五つ五つの不思議にとりては、
i扇立てども、目に立つと云ふ例もなし。
鹿の通ひども、女鹿の通ふと云う例もなし。
男鳥《おん》通ひども、女鳥《めん》の通ふと云う例もなし。
男参へるども、女参ると云ふ例もなし。
ii花咲けども、実はならず。
之れは五つの五つの不思議に御座候のー。〈切田の鐘巻道成寺〉

「扇立てども」は「雄木立てども」、「目に立つ」は「雌木立つ」が正しい。「花咲けども、実はならず」は、ii「七つの不思議」に分類される。

この類例として、他に〈江釣子の鐘巻〉がある。能舞の〈鐘巻〉も、このi「五つの不思議」とii「七つの不思議」を混交させてi「五つの不思議」と称する事例である。

「五つの不思議」と「七つの不思議」を混交させて「七つの不思議」と称する山伏神楽は、例えば次のとおりである。

i先《ま》つ一番《ばん》に、おんき（男木）立とも、めんき（女木）立つ。
鹿《しか》は参とも、女鹿《めか》の参《まひ》たるためしもなし。
鳥をだにも、男鳥通《おちようかよ》ひとも、女鳥通《めちようかよ》ひたるためしなし。
石《いし》をたに、男石伏《おいしふ》せとも、女石伏《めいしふ》したるためしなし。
ii池《いけ》のかひろは、遊《あそ》へども、声《こゑ》立つることはなし。
雨《あめ》は降《ふ》れとも、軒端《のきば》の露《つゆ》の落《を》ちることはなし。
風は吹《ふ》けとも、とふじめのきれることもなし。
これが七《しい》ち七つ〳〵の不思議《ふき(ママ)》にて候《そふ》のふ。〈黒森の金巻A〉

「めんき（女木）立つ」は「雌木立つといふためしもなし」の義。

このようにi「五つの不思議」とii「七つの不思議」が混交するあり方は、番楽でも同じである。

「五つの不思議」と「七つの不思議」の弁別　i「五つの不思議」とii「七つの不思議」は、仏説によって女人禁制の結界（バリアー）を張り巡らした強力な神霊スポット・鐘巻寺でこそ起こる現象である。それら二種類の不思議はともに女人禁制で一括できるものの、両者の内実は相違している。その相違とは、

ｉ「五つの不思議」では鐘巻寺に参詣する人を男女によって差別し、ⅱ「七つの不思議」では鐘巻寺とそこの僧侶が女人を拒絶・忌避している。

「五つの不思議」の文型　右のｉ「五つの不思議」の事例を一覧すると、次の文型をとっている。

男（男の比喩）は〜すれ（肯定）ども、女（女の比喩）は〜しない（否定）。

そして副助詞の「だに」があるので、一つ目の不思議〜四つ目の不思議までが、例えば「木だに、雄木《をぎ》立てど、雌木《めぎ》立たず」の形を反復し、この延長線上に五つ目の不思議を出し、ましてや「男参れども、女参らぬ」と駄目押しをする。そして以上の「五つの不思議」ゆえに、「女の身としてそれより夙《と》く〱御戻り候ふべしの」と結ぶ。

こうしてみると〈岳の金巻ＡＢ〉〈大償のかねまき道成寺〉〈岩谷堂の金巻〉が、ｉ「五つの不思議」の本来の形をほぼ残している。

説経節〈かるかや〉の五つの不思議　この五つの不思議は中世・近世にかなり一般化していたらしく、説経節〈かるかや〉では高野山が女性の参詣を忌む時に次のように四つの不思議を述べている。

高野の山と申すは、七里結界・平等自力の御山なれば、（中略）

ｉ男木《をぎ》が峰に生《は》ゆれば、女木《めぎ》ははるかの谷に生《は》ゆる。

雄鳥《をんどり》峰を飛べば、雌鳥《めんどり》はるかの谷を飛ぶ。

雄鹿が峰で草を食《は》めば、雌鹿は谷で草を食《は》む。

木・萱《かや》・鳥類・畜類までも、男子《なんし》といふ者は入るれども、女子《によし》といふ者は入れざれば、一切女人《によにん》は御嫌ひなり。（説経節〈かるかや〉）

ここでは虫類が欠けているけれども、本来は虫も加えた「五つの不思議」の形だったろう。

(9)の復原　以上から能舞の(9)は、例えば次のように復原できよう。

小段落	詞章	発言者
(9)	i 木だに、雄木《をぎ》立てども、雌木《めぎ》立たず。 虫だに、雄虫《をむし》通へども、雌虫《めむし》通はず。 鳥だに、雄鳥《をんどり》通へども、雌鳥《めんどり》通はず。 鹿だに、雄鹿《をじか》通へども、雌鹿《めじか》通はず。 男《をとこ》参《まゐ》れども、女《をんな》参らぬ、山にて候ふ。 これ五つの不思議ゆゑ、女の身として、それより疾《と》く疾《と》く御戻り候《さふら》ふべしいの。	別当

その他の「五つの不思議」　の類例を、次に挙げる。この類例は、右の五つの不思議と入れ替え可能なものである。

　波だに、雄波《をなみ》立てども、雌波《めなみ》立たず。

(10)…女は五つの不思議に納得しない。

能舞では欠落しているものの、山伏神楽では女が「五つの不思議」に納得しない段落がある。別当は女人禁制を強調するだけで、根拠を提示していない。そのためか、女は納得していない。

山伏神楽の本文　の典型的な例を、次に挙げる。

　木をだに、男木《を》立ど、女木立ず。

　鹿か参れど、女鹿参らず。

　男虫通へど、女虫通はず。

雄鳥《とり》通へと、雌鳥通《とりかよ》わず。
男参れと、女参らん、御寺ゆへ、
女の身として、是から、すぐ〳〵返れ、との玉ふかよのふ。〈岳の金巻A〉

この段落は、前の段落（9）の別当の発言を鸚鵡返しにして「～とのたまふかよのふ」と反問し、不服を表している。

女・楽屋　さん候。五つの不思議故《ゆえ》、女の身として、これより、疾《と》う疾《と》う帰れ、とのたまふかよの。
〈大償の鐘巻道成寺〉

ここでは鸚鵡返しを止めて、簡潔に不服を表明している。

以上、鸚鵡返しは不服の表明としてかなり強烈であるものの、いささかくどいので、簡潔な不服を採用しておく。

なお能舞と番楽がこの段落を欠落させているのは、前の段落と重複していると考えて省略したからだろう。

⑽の復原　以上から能舞の⑽は、次のように復原できよう。

演出	小段落	詞章	発言者	舞台での所作
	⑽	五つの不思議ゆゑ、女《をんな》の身として、これより疾《と》く疾《と》く帰《かへ》れ、とのたまふかよの。	女	
		さん候《さふら》ふ。	別当	

5　七つの不思議

⑾…別当が鐘巻寺にさらに七つの不思議があるという。

能舞には欠落しているものの、山伏神楽・番楽では、別当の説得に納得しない女の態度を見て、別当はさらに鐘巻寺に「七つの不思議」があるという。

山伏神楽・番楽の本文は、例えば次のとおりである。

住持胴前　ここに七つの不思議あり。〈大償の鐘巻道成寺〉

別当　亦、それにかきらず、七つの不思議《ふしぎ》も候程に、夫から、夙《と》々御皈り候得。〈江釣子の鐘巻〉

⑾の復原　以上から能舞の⑾は、次のように復原できよう。

小段落	詞章	発言者
⑾	またここに、七つに七つの不思議は候ふ。	別当

⑿…女がその七つの不思議を知りたいという。

能舞には欠落しているものの、山伏神楽・番楽では、女がその「七つの不思議」を具体的に知りたい、と述べている。

山伏神楽の本文は、例えば次のとおりである。

女・楽屋　七つの不思議《ふしぎ》にとりては、そも。〈大償のかねまき道成寺〉

⑿の復原　以上から能舞の⑿は、次のように復原できよう。

小段落	詞章	発言者
⑿	七つに七つの不思議にとりては、どれどれの。	女

⒀…別当はその七つの不思議を列挙して女人禁制を強調し、早くお戻りくださいという。

演出	小段落	詞章	発言者	舞台での所作
	⑼	ii ああら、雨《あめ》が降《ふ》れども、軒端《のきば》の露《つゆ》の、落《お》つることはなし。 さくりなけれども、風《かぜ》、うち入《い》れることもなし（内《うち》にうち入《い》れることもなし）。 鐘《かね》の遠《とう》づい（鐘の遠路《とうじ》に）、消《き》え果《は》つることもなく（消え果づる事無し）。 庭《には》に花《はな》（草《くさ》）生《お》いず。 池《いけ》の（に）蝶々《ちょうちょう》（鳥々《ちょうちょう》）、何《なに》と遊《あそ》べども、声立《こえた》つることもなし。 - - - - - i じょうだんには（きをだにも、中谷に、京谷、つようだんに）、 男木立《おほぎだ》てども、女《め》が立《た》たづ（雌木立《めぎ》たず）。 鹿《しか》わ通《かよ》いども、女《め》が通《かよ》わん、山《やま》にて候《そう》ほどに、	別当	

「七つの不思議」　前述したように能舞のi「五つの不思議」とii「七つの不思議」は、⑼に混交している。iiの五例は「七つの不思議」に分類され、iの二例は「五つの不思議」に分類されるものである。したがって、この⑼のiiに⒀が述べられている

一つ目の不思議　雨が降っても軒端の露が落ちないという。「雨」は女人、「露」は寺・僧侶、「落つる」

は堕落することの比喩である。すなわち女人が濡れかかっても（来訪しても）、寺・僧侶は女人を無視・拒否して痕跡も残さない、という義である。

二つ目の不思議　「さくり」は部屋を仕切る障壁である。「さくりなけれども、風、内にうち入ることもなし」は、「さくり」がなくても風を内に入れないの義。「うち入るる」には意志があり、「さくり」がなくても風を内に入れないという。「さくり」は悟りの障害物を防御するもの、「風」は女人の比喩である。すなわち女人が来ても、寺は女人を無視・拒否して内に入れない、という義である。

三つ目の不思議　「遠路《とおぢ》に」が正しい。この三つ目の不思議は、打ち鳴らした鐘の音が遠路に消え果てないことである。

山伏神楽・番楽の本文を、次に挙げる。

住持胴前　鐘の遠音《とおね》の、絶ゆることもなし。〈大償の鐘巻道成寺〉

鐘の音《おと》、静《すつ》かにして数丁里《すちゃうり》に聞《きこ》へ。〈晴山の鐘巻〉

鐘の、遠路《とふずい》きこゆることもなし。〈二階本の金巻〉

鐘の遠声、きこゆることもなし。〈切田の鐘巻道成寺〉

遠路《とうづい》の切れ果でると言うの例なし。〈柳原の金巻〉

かね打人の見得ざるに、諸行無常と響《ひ》ゞくなり。〈江釣子の鐘巻〉

〈二階本の金巻〉と〈切田の鐘巻道成寺〉の「きこゆる」は、「消《き》ゆる」の誤伝だろう。〈江釣子の鐘巻〉だけは、鐘巻寺の鐘の音が遠路に消え果てないという類例から逸れている。しかしこれも、鐘の音の不思議として括れる。

僧侶（男）だけの悟りの境地　鐘巻寺の鐘の音が遠路に消え果てないことは、仏説の聖性を示している。

この不思議は、後述の「法楽の歌舞」⒆、また「鬼神になる女」⒇でこの寺の鐘が「諸行無常、是生滅法、生滅滅已、寂滅為楽」と奏でていること、そしてその鐘を女が鳴らそうとすると鐘の音が休み、鐘の中に閉じ込められていることに密接にかかわっている。まず法楽の歌「打ち鳴らす鐘に五衰《ごすい》の夢覚《さ》めて阿吽《あうん》の二字《にじ》を聞くぞ嬉《うれ》しき」は、鐘の音を聞いて万物の始めと終わりまでを悟り得た喜びを述べている。またこの寺の鐘は、諸行無常の真理を説く偈《げ》を奏でているという。このようにこの鐘の音には、仏説の真理が込められている。しかし女がこの鐘を鳴らそうとすると、悟りを得られないどころか、鐘の音が休み、異形の者になるという仏罰を蒙っている。

こうしてみるとこの寺の聖なる鐘は僧侶（男）だけを受け容れ、彼らが鳴らす時だけその音は澄みきって、悟りの境地を奏で、他方では女人を徹底して拒否・忌避している。すなわちこの三つ目の不思議は、一見すると女人禁制を説いていないように見えながら、この僧侶（男）だけの悟りの境地を陽画のように表現することによって、女人禁制を陰画のように浮き彫りにしている。

以上から三つ目の不思議の正確な本文は、「鐘《かね》の音《おと》の、遠路《とほぢ》に消え果つることもなし」だろう。

この三つ目の不思議は鐘の音の聖性に焦点を当て、〈鐘巻〉の「鐘」にも直結しているので、この鐘の音の不思議は「七つの不思議」のなかでも別格で、最も肝腎なところである。

鐘の竜頭の切るることもなし　なお〈岳の金巻ＡＢ〉では、鐘の音の不思議と同じ文脈に次のように鐘の竜頭《りゅうず》の不思議を述べている。

金《かね》のりゆうず（ゆうず・竜頭）の、切る（きれる）事《こと》もなし。〈岳の金巻ＡＢ〉

この本文の正確な形は、「鐘の竜頭の切るることもなし」だろう。「鐘の竜頭」とは、釣り鐘の上部の「竜」の形をした、吊るすための部分である。

これも、僧侶（男）だけの悟りの境地を示している。すなわちこの寺の鐘は、諸行無常を説く偈《げ》を奏でているものの、旅の女がこの鐘を鳴らそうとすると、鐘の竜頭が切れて地に落ち、鐘の音が休むとともに、女を鐘の中に閉じ込めている。

こうしてみると「鐘の竜頭の切るることもなし」も、一見すると女人禁制を説いていないように見えながら、僧侶（男）だけの悟りの境地を表現することで、女人禁制を浮き彫りにしている。

四つ目の不思議　四つ目の不思議は、今までの類例（一つ目・二つ目の不思議）に倣うと、「庭に花（草）生《お》ふることもなし」となろう。「庭」は鐘巻寺、「花（草）」は女性の比喩である。すなわち寺に女性の居所がない、と言い切っている。

山伏神楽・番楽の本文を、次に挙げる。能舞とほぼ同じ本文〈二階本の金巻〉〈江釣子の鐘巻〉の他に、次の例がある。

庭に草《くさ》は（生）いず、又花《またはな》わ咲《さ》いても、身（実）わならず。〈岳の金巻B〉

住持胴前こゝに咲く花、果は成《な》らず。〈大償のかねまき道成寺〉

この文脈でも、「庭」は鐘巻寺、「花・草」は女人の比喩である。その「花・草」に実がならないというのは、女人が参詣しても、結局は悟りを得られない、女人の居所がない、ということである。

以上、四つ目の庭の草花の不思議は女人を拒否することだけを述べて、僧侶（男）のみを受け容れることを暗示している。

五つ目の不思議　五つ目の不思議には問題が多い。蝶々は元々声を立てないし、「池の（に）蝶々」と熟するほど「池」と「蝶々」の関係が緊密ではない。この点、「池の（に）鳥々《ちょうちょう》」（池の水鳥たちの義）は「池」と「鳥々《ちょうちょう》」が近い関係なのでまだしもながら、「鳥々《ちょうちょう》」は表現として不自然である。どうも能舞の〈鐘巻〉

だけでは、この文脈は辿りきれないようである。

山伏神楽・番楽の本文　を次に挙げて、さらに比較・検討してみる。なおAなどの記号は、本文の類型を示している。

Ａ池《いけ》のかひろは、遊《あそ》へども、声《こゑ》立つることはなし。〈黒森の金巻Ａ〉

池《いけ》のかいごか、遊《あす》へとも、音《をと》の立《た》つることもなし。〈夏屋本の金巻〉

池《いけ》のかいこは、遊《あそ》へとも、浪の立ることもなし。〈中妻本の金巻〉

池の蟇《かひろ》は、遊へとも、波立といふ事もなし。〈西長野の金巻〉

「かひろ・かいご・かいこ」は「蛙」の義だろう。Ａを整理すると次の形になろう。

○池の蛙は、遊べども、声（音・波）立つることもなし。

Ｂ池の鳥々《ちやう》は、何と遊べと、声立る事もなし。〈岳の金巻Ａ〉

池の鳥々、何《なに》と遊べと、声立《た》てることもなし。〈江釣子の鐘巻〉

池の鳥の、何《なに》と遊《あそ》へど、声《こゑ》立《た》つる事もなし。〈岩谷堂の金巻〉

池の諸鳥、何と遊《あそ》べと、浪立《た》たつ。〈晴山の鐘巻〉

住持胴前池に遊鳥《ゆうちょう》、数多《あまた》遊べども、声立《た》つることもなし。〈大償の鐘巻道成寺〉

能舞の本文の「池の（に）蝶々《ちょうちょう》（鳥々《ちょうちょう》）、何《なに》と遊べども、声《こえ》立《た》つることもなし」は、このＢの文型をとっている。Ｂを整理すると次の形になろう。

○池の鳥々（蝶々）は、何と遊べども、声（波）立つることもなし。

Ｃ池《いけ》のかいる、ちやう〱と遊べとも、声のうちに立《た》つと言事もなし。〈斗内獅子舞本の金まき〉

池《ゐん》のかゐりゆう、てふ〱遊ぶとも、うひ声《こえ》立《た》つることなし。〈荒沢本の金巻〉

池の蟇、きやう〳〵と遊へども、声の上に立つと言ふ事もなし。〈田子の金巻〉

池《いけ》に住《す》む蛙《かわつ》は、如何《いか》にてう〳〵と遊べ《きそ(ママ)》ども、姿《すかた》(カ)の見ゆる事《こと》もなし。〈鮫の鐘巻道成寺〉

戌は、ちよ〳〵遊共《あそべ》、声《こゑ》立《た》てるためしなし。〈興屋の金巻〉

「池《いけ》のかいる・ゑんのかゑりゆう」は「池の蛙」の義。「戌《いぬ》」は「池《いけ》の蛙」の誤伝だろう。「ちやう〳〵・てふてふ・きやう〳〵・てうてう・ちよ〳〵」は「蝶々」の義。Cは、Bの形の「何」に「蝶々」が入って文意が明晰になっている。Cを整理すると次の形になろう。

○池の蛙《かへる》、蝶々《てふてふ》と遊べども、声《こゑ》（波）立つることもなし。

こうしてみるとBはCの崩れた形だ、と推測できる。すなわちBは、Cが口頭で伝承されているうちに「蛙」を忘れ、そこに蛙の遊び相手の「蝶々《ちょうちょう》」が移動して「鳥々《ちょうちょう》」と解され、空いた「蝶々」の箇所が「何」という遊び相手全般（あるいは困惑の表現）になったのだろう。

池の蛙、蝶々と遊べども、声立つることもなし　五つ目の不思議は、寺・僧侶と女人を並べて「僧侶（男）は女人と遊べども、堕落することもない」という表現が期待されるところである。この点、Cの「池」は鐘巻寺、「蛙」は僧侶、「蝶々」は女人の比喩である。すなわち寺に女人の居所がなく、女人と交流しても、僧侶は無視・拒否して感情に起伏がない（相手にしない、揺るがない、堕落しない）という。したがってここの文脈では、C「池の蛙《かへる》、蝶々《てふてふ》と遊べども、声《こゑ》立つることもなし」が適当する。

こうしてみると五つ目の不思議は、女人が来ても僧侶は無視・拒否すると述べる一つ目・二つ目の不思議と同じ発想に基づいている。

「七つの不思議」の類例　なお一つ目・二つ目・五つ目の不思議と同じ発想を取る類例として、山伏神楽・番楽に次の例がある。

風吹けど、燈《ともし》消ゆることもなし。
風吹くとも、草木の動くということもなし。
風吹けども、庭に木の葉の落つるということもなし。
雪降れども、（庭に）積もりてあるという例なし。

「風・雪」は女人の比喩、「燈《ともし》・草木・木の葉・庭」は寺や僧侶の比喩である。

「七つの不思議」の文型　「七つの不思議」の事例を一覧すると、一つ目・二つ目・五つ目の不思議の型（a）か、三つ目・四つ目の不思議の型（b）かを取っている。

ａ女人が来ても、寺・僧侶は無視・拒否する
ｂ寺・僧侶だけを肯定（あるいは女人を否定）して、他方を否定（肯定）することを暗示する

別当は早く立ち返れという　能舞のこの段落はここで終わっているものの、〈大光院獅子舞本の道場寺〉ではこれに続いて別当が女人に早く立ち返るように促している。

山伏神楽・番楽の本文でも、列挙された「七つの不思議」に続いて次のように別当が早く立ち返るように促している。次にその一例を挙げる。

住持胴前これは七つの不思議故《ゆえ》、女の身として、これより、すぐ〳〵帰らせ給え。〈大償の鐘巻道成寺〉

これとほぼ同じ本文が、〈岳の金巻ＡＢ〉〈岩谷堂の金巻〉〈二階本の金巻〉〈荒沢本の金巻〉〈興屋の金巻〉にも認められる。

⒀の復原　以上から能舞の⒀は、およそ次のように復原できよう。なおａｂの文型に従って整序し、鐘の音の不思議は〈鐘巻〉の主題と直結する肝腎な部分なので最後に配置した。

小段落	詞章	発言者
⒀	ii aあら、雨が降れども、軒端《のきば》の露《つゆ》の落《お》つることもなし。 さくりなけれども、風、内にうち入ることもなし。 風吹けども、燈《ともし》消ゆることもなし。 雪降れども、庭《には》に積もりてあることもなし。 池の蛙《かへる》、蝶々《てふてふ》と遊べども、声《こゑ》立つることもなし。 b庭《には》に花（草）生《お》ふることもなし。 鐘の音《おと》の、遠路《とほぢ》に消え果つることもなし。 これ七つの不思議ゆゑ、女《をんな》の身として、それより疾《と》く疾《と》く御戻り候ふべしいの。	別当

絶対的な禁制　「百日・千日の行」で女が男の十倍の千日の行をしてから参詣すると言っているのにもかかわらず、「五つの不思議」と「七つの不思議」を述べ立てて別当が女人禁制を強調しているので、鐘巻寺の女人禁制は絶対的な禁制だとわかる。

⒁…女は七つの不思議にも納得しない。

能舞には欠落しているものの、女はこの「七つの不思議」にも納得していない。

山伏神楽・番楽の本文は、女が「五つ・七つの不思議」ゆえに参詣できないことに不服を表している。

楽屋　それ、五七不思議《ふしき》の御寺《みてら》ゆへ、女の身として、是より、すぐ〱帰《かい》れ、との玉ふかよのふ。

坊　さん候。〈晴山の鐘巻〉

「七つの不思議」が欠落した理由　能舞に「七つの不思議」⑾〜⒁が欠落しているのは、「七つの不思議」

が「五つの不思議」に混入してしまい、「七つの不思議」の話題を改めて提供する場を失ったからである。

⑭の復原　以上から能舞の⑭は、およそ次のように復原できよう。

小段落	詞章	発言者
⑭	五つ・七つの不思議ゆゑ、女《をんな》の身として、これより疾《と》く疾《と》く帰《かへ》れ、とのたまふかよの。	女
	さん候ふ。	別当

押し問答　以上の「五つの不思議」と「七つの不思議」を巡る問答は、女人禁制が絶対的なものであることの表明とそれへの異議申し立てを反復しているだけで、質的には高まり・深まりがない。これはいわゆる押し問答である。

6　鬼神になる仏罰

⒂…旅の女は、かつて女が無理にこの寺に参詣して鐘の緒を押したためにどうなったか知りたいという。
能舞には欠落しているものの、山伏神楽ではかつて無理にこの寺に参詣して鐘の緒を押した時どうなったか知りたい、と女が質問している。

山伏神楽の本文は、例えば次のとおりである。

参らんと言ゐ《い》し御寺に参り、押《を》さんと言《い》へし金の緒押したるか故を以て、如何なる風情にてもなったる様子《よふす》をも承て候かよのふ。〈岳の金巻A〉

女・楽屋　さん候。参らぬと言いし寺へ参り、押さんといいし鐘を押せば、いかなる故をも候かよの。
〈大償の鐘巻道成寺〉

⒂の復原　以上から能舞の⒂は、およそ次のように復原できよう。

小段落	詞章	発言者
⒂	参《まゐ》らぬと言ひし御寺《みてら》に参り、押さぬと言ひし鐘の緒《を》を押したるゆゑに、如何《いか》なる風情《ふぜい》になりたる、と承《うけたまは》りて候ふかよの。	女

⒃…別当は次のように答える。昔、女が無理にこの寺に参詣して鐘の緒を押したので、近くの浅間ケ嶽（朝熊ケ嶽）から鬼神（仏法の守護神）が飛んで来て、鐘の音が休み、女が鐘の緒によって鐘の中に突き込められて鬼神（異形の者）になった、と聞いているので、早くお戻りください、と。

演出	小段落	詞章	発言者	舞台での所作
	⒃	昔《むかし》よりして、 ①女参《おんなまい》れば、 ③b忽《たちま》ち鬼神《きじん》になったる由《よし》をも、承《うけたま》わりて候《そう》ほどに、 ④それより夙《ど》く夙《ど》く、御戻《おんもどり》候《そうろう》べしいのー。	別当	

〈大光院獅子舞本の道場寺〉の本文は、現行の能舞より簡略である。なおabは、対句を示している。

　昔は今に至るまて、
①女参れは、
③b忽鬼神になる、と承り候。〈大光院獅子舞本の道場寺〉

四回目の断り　別当が女の参詣を断っているのは、これで四回目（⑷⑼⒀⒃）である。

山伏神楽・番楽の本文は、次のとおりである。

Ⅰ　①おゝ、それもをしことにして、参ほとのことならば、
②東《あつま》か嶽《たけ》も近《ちか》けれは、鬼神《きじん》・魔王《まをう》も飛《と》び来《き》たり、
③a鐘《かね》の緒《お》も休《やす》み切《き》り、
③b鐘《かね》の堂にと突《つ》ぎ込《こ》められ、忽《たちま》ち鬼《き》神とならせたもう由《よし》をも、承《うけたまわ》つて候《そうろう》が、
④それから夙《ど》う〱、御戻《もど》りなされ候《そうらい》かせのふ。〈鵜鳥の金巻〉（田野畑本）
①おゝ、夫もおし事なられ参程ならば、
②東《あつま》の嶺《みね》も近ければ、魔王・鬼《き》神も降《お》り下り、
③a鐘の緒を休《やす》め、
③b鐘の中に突《つ》き込《こ》められ、忽《たちま》ち蛇神《じゃしん》とならせ給ふ。
④夫よりとふ〱、戻り候へ。〈篠木の道成寺〉

②「東《あつま》か嶽《だけ》（東の嶺）」は、〈鵜鳥の金巻〉（三浦本）（三上本）によると「あくまがだ（た）け」、〈鵜鳥の金巻〉〈高屋敷本〉によると「かくまがだけ」とあるものの、「東《あづま》ケ嶽《だけ》」の誤伝だろう。②「鬼神・魔王」は仏法の守護神で、③b「鬼神・蛇神」は異形の者である。「鐘の堂」は「鐘の胴」が正しい。③a「鐘《かね》の緒《お》も休《やす》み切《き》り」は「鐘の音《おと》も休み切り」の義で、「切り」は続いている行為を止める義。

以上のⅠは、一応すべての要素（①②③ab④）を備えている。このⅠの類例として、他に〈夏屋本の金巻〉がある。

Ⅱ　①さん候。参《まへ》らずと言《ゆ》ゐし寺へ参《まゐ》り、金を押《お》したる故《ゆゑ》もつて、
②愛宕・鞍馬も近けれど、大天拘（狗）・小天拘（狗）、ま（舞）ゐ下り、

③b 忽《たちま》ちちやしん（邪神）となる様子《よふす》を、承《うけたまわ》って候ほとに、
④女の身として、それよりすぐすぐ、帰《かゑ》らせたまゐ。〈岩谷堂の金巻〉

住持胴前①さん候。（昔より）参らむと言ひし寺へ（此寺に）参り、押さむと言ひし鐘を押した（おせ）るが
故によって、
②愛宕・鞍馬のあなたより（も近ければ）、大天狗・小天狗、舞ひ下り、
③b忽ち邪神となつたる様子をも、承つて候程に、
④女の身として、こ（そ）れよりすぐ〱、帰《かへ》らせたまへ。〈大償のかねまき道成寺〉

①「参らむと言ひし寺」は「参らぬと言ひし寺」、「押さむと言ひし鐘」は「押さぬと言ひし鐘の緒《を》」が正しい。②「愛宕・鞍馬」の「大天狗・小天狗」は仏法の守護神である。

①おう、往古、久しいやの長者の、一人姫、参らんと言ひし奈良の御寺に押て参り、
③b忽ち鬼人になり、
③a金の緒をすすみ切《き》り、
③b鬼神となつた、と承ては候《そ》。
④それより夙《と》う〱、御帰《おかへ》りあれかしのう。〈田子の金巻〉

①おお、昔《むかし》、ひや（さ）しきひやの長者の、一人姫《ひとりひめ》、参《まい》らんと云《い》へしに、寺へ参《まい》り、
③a忽《たちま》ち鐘《かね》の緒休《をやす》み切《き》り、
③b鬼神と成った、と承って候。
④是より夙《と》く御返りあれ。〈斗内獅子舞本の金まき〉

③a「金の緒をすすみ切《き》り」「鐘《かね》の緒休《をやす》み切《き》り」は、「鐘の音《おと》も休み切り」の誤伝だろう。③b「鬼人・鬼

神」は異形の者である。

右の二例は、①「布施屋《ふせや》の長者の一人姫」（前述したように「久しいやの長者・ひや（さ）しきひやの長者」を「布施屋の長者」の誤伝とみる）が参ってはならないという御寺に強引に参り、③a「鐘の音《おと》も休み切り」、③b異形の者になったという前例を挙げて、主人公の「布施屋《ふせや》の長者の一人姫」の参詣を断っている。これでは、この寺の鐘をめぐって同一女主人公が起こした過去の事件が、まったく同じ形で反復・輪廻していることになる。この反復・輪廻は、結局女人が未来永劫悟れないことを意味することになる。

これは能楽と歌舞伎の〈道成寺〉物の構想と同じで、これはこれで極めて奥の深い世界を構築している。しかし右の二例の「布施屋《ふせや》の長者の一人姫」は、怪我の功名ながら衍文《えんぶん》だろう。

以上のⅡは、一つの要素（③aか②）を欠いている。このⅡの類例として、他に〈江釣子の鐘巻〉がある。

Ⅲ　①か程貴き御寺へ、女の身として参るならば、押《お》さんと云ひし、

③b鐘《かね》の尾に付込《こ》められ、忽大蛇と成るべきにて候。

④仍て是より遠々《どう》、御帰り可被成にて候。〈西長野の金巻〉

③b「鐘《かね》の尾に」は鐘の緒《を》によっての義。④「仍て」はよっての義、「遠々《どう》」は「夙《と》う夙《と》う」が正しい。

①おう、その昔、富勢屋の一人姫は、詣るらんという御寺へ、押さんというし、押して詣り、

③b金の王に巻詰められて、忽《たちま》ち鬼人になった、と承る。

④それより、御戻りあれかせの。〈中山の鐘巻御寺〉

①「詣るらんという御寺」は「参らぬといふ御寺」が正しい。③b「金の王」は鐘の緒《を》によっての義。①「富勢屋《ふせや》の一人姫」は衍文《えんぶん》だろう。もし本文のとおりだとすると、前述した〈田子の金巻〉〈斗内獅子舞本の金まき〉の二例と同様、この寺の鐘をめぐって同一女主人公が起こした過去の事件が、まったく同じ形で反

復・輪廻している。

以上のⅢと現行の能舞は、二つの要素（②③a）を欠いている。

仏法の守護神と異形の者の登場状況　仏法の守護神と異形の者が登場する段落は、この他に二つ（⑳㉔）ある。それらの両者が登場する状況をまとめると、霊山から出現する仏法の守護神は、能舞の場合は「浅間《あさま》ケ嶽《だけ》（朝熊《あさま》ケ嶽《だけ》）の鬼神・鬼」と「東《あづま》ケ嶽《だけ》の鬼神・鬼」、山伏神楽の場合は「浅間《あさま》ケ嶽《だけ》（朝熊《あさま》ケ嶽《だけ》）の鬼神・魔王・魔神」と「東《あづま》ケ嶽《だけ》の鬼神・魔王・魔神」と「愛宕《あたご》山・鞍馬《くらま》山の大天狗・小天狗」であり、番楽には伝承がない。

これに対する異形の者は、能舞の場合は「鬼神・鬼」、山伏神楽・番楽の場合は「鬼神・鬼人・鬼・邪神・邪身・蛇身・蛇神・大蛇」である。

霊山の仏法の守護神　萩原進《はぎわらすすむ》［一九八八、二二七・二二八頁］によると、信州と上州の境にある「浅間山」には鬼神と天狗が住み、浅間山の麓に「鬼神堂」があったという。

「朝熊《あさま》ケ嶽《だけ》」は、伊勢にある修験の霊山で、金剛証寺が現存する。

遠藤秀男《えんどうひでお》［一九八八、二九頁］によると、駿河と甲斐の境にある「富士山」は浅間大神という神名を冠されて浅間神社に祭られているので、富士山を浅間《あさま》ケ嶽《だけ》とも言った、と考えられる。

五来重《ごらいしげる》［一九八二、一七二頁］とアンヌ・マリ　ブッシイ［一九八六、一一二～一一九頁］によると、京都の「愛宕山」は日羅《にちら》や天狗（太郎坊）を祭り、これに仕える修験集団が山麓と山上に住んでおり、「鞍馬山」の毘沙門天は魔王尊と呼ばれる大天狗僧正坊だという。

以上の霊山から出現する「鬼神・天狗・魔王尊」は、仏法の守護神である。〈鐘巻〉はこのような霊山の守護神を列挙することで、鐘巻寺での霊異事件にリアリティーを与えている。

「東ケ嶽」は「浅間（朝熊）ケ嶽」　これに対して「東《あづま》ケ嶽《だけ》」とする伝承の分布（横浜町・滝沢村の篠木・川井村の夏屋・宮古市の黒森・釜石市の中妻）は広いものの、「東《あづま》ケ嶽《だけ》」の所在が不詳である。『山伏』「和《わ》歌森《かもり》太郎《たろう》、一九七一、一七六～一九五頁」に収録する「信仰対象の日本の山々」を見ても、「東《あづま》ケ嶽《だけ》」あるいはそれを思わせる霊山がない。こうしてみると、実在する「浅間《あさま》（朝熊《あさま》）ケ嶽《だけ》」のサガズ・ヅに訛り、いかにもどこかにありそうな「東《あづま》ケ嶽《だけ》」になった、と考えるべきだろう。

仏法の守護神と異形の者の一覧　右のとおりだとすると、仏法の守護神と異形の者は「仏法の守護神と異形の者の一覧」のように整理できる。

仏法の守護神と異形の者の一覧

仏法の守護神	出典	異形の者	出典
i 浅間《あさま》ケ嶽《だけ》（朝熊《あさま》ケ嶽《だけ》）の鬼神・鬼。	能舞	鬼神・鬼。	能舞
i 浅間《あさま》ケ嶽《だけ》（朝熊《あさま》ケ嶽《だけ》）の鬼神・魔王・魔神。	山伏神楽	鬼神・鬼人・鬼・邪神・	山伏神楽
ii 愛宕《あたご》山・鞍馬《くらま》山の大天狗・小天狗。		邪身・蛇身・蛇神・大蛇。	番楽

二種類の「鬼神（鬼）」　右に登場する「鬼神（鬼）」、とくに能舞に登場する「鬼神（鬼）」には仏法の守護神と異形の者の「鬼神（鬼）」があって、紛らわしい。これは一見すると、守護神と異形の者の混同のように見える。

仏罰の刻印　しかし考えてみると、これには深い訳があるかもしれない。決して悟れない女人がそれほど悟りたいというのならば、既に悟りを得て仏法の守護神にまでなった「鬼神」の面相を与えてやろうということで、生身《なまみ》の女人の面相を剝ぎ取って代わりに守護神の「鬼神」と同じ面相を張り付けたのではなかろうか。

そしてこのように守護神の「鬼神」の下す懲罰が守護神と同じ面相にすることは、同時に仏罰を下した「鬼神」の刻印でもあったろう。

鐘巻寺の所在地　こうしてみてくると、「鐘巻寺」の所在地がどこに想定されているかも明らかになる。前段の「場の設定」⑴では鐘巻寺が「山寺」だといい、仏法の守護神と異形の者の登場する三つの場⒃⒇㉔ではこの寺の近くに「浅間《あさま》（朝熊《あさま》）ケ嶽《だけ》」「愛宕山《あたごやま》・鞍馬山《くらまやま》」があるので、鐘巻寺の所在地は駿河、甲斐、信州、上州、伊勢、京都の山中ということになる。能舞の場合、このうち京都を除く地に鐘巻寺がある。

その立地条件は、同じような鐘の伝承を持ちながらも、紀伊国の平野（日高郡矢田村字鐘巻）に立地する「道成寺《どうじょうじ》」とはまるで無縁である。

⒃の復原　以上から能舞の⒃は、およそ次のように復原できよう。

小段落	詞章	発言者
⒃	①昔、女人《にょにん》来たりて、参らぬと言《い》ひし御寺《みてら》へ参り、押さぬと言《い》ひし鐘の緒《を》を押したるゆゑに、 ②近くの浅間《あさま》ケ嶽《だけ》（朝熊《あさま》ケ嶽《だけ》）の鬼神《きじん》が、飛《と》び来《き》たり、 ③a鐘の音《おと》も休み切《き》り、 ③b鐘の緒《を》にて鐘の中に突き込められ、忽《たちま》ち鬼神《きじん》になりたる由《よし》を、承《うけたまは》りて候ふ。 ④よりて、それより疾《と》く疾《と》く御戻《おんもど》り候ふべしいの。	別当

鐘巻寺＝女人への仏罰寺　この段落で、怪奇でいわくあり気な「鐘巻寺」の名称の由来が明かされている。すなわち女がこの寺の女人禁制を破って鐘の緒を押したので、近くの霊山から飛んで来た鬼神（仏法の守護神）が霊異を引き起こし、女は鐘の緒によって鐘の中に突き込められ（巻き込められ）、鬼神になった故事から、

「鐘巻寺」と称したことになる。

こうしてみると「鐘巻」とは、禁制を破った女人を鐘の中に巻き込むという「仏罰」の言い換えである。したがって「鐘巻寺」とは、戦慄すべき「女人への仏罰寺」の謂《いい》になる。このような知る人ぞ知る恐るべき名称は俗称・通称であって、とても格調ある正式な寺号とは考えがたい。

このように別当は「鐘巻寺」の名称の由来を旅の女に明かすことで、絶対的な女人禁制の事実と仏罰が表裏していることを告げている。

ここでも、なぜ女人禁制なのかということに言及していない。しかし別当にしてみれば、絶対的な事実と仏罰の前では、説明が不要あるいは不能だということだろう。

7　性差別と法楽の歌舞

⒄…旅の女は女が悟れない存在になっている原初からの性差別を嘆き、女に生まれて参詣できないことを悔やむ。

演出	小段落	詞章	発言者	舞台での所作
	⒄	①昔《むかし》より、昔《むかし》より、女《おんな》といふ者《もの》は、何《なに》たる者《もの》は（如何なる者に）、成《な》り初《そ》めて、前《まい》の雲《くも》五障《こそ》（前の雲ごせう）、晴《は》れやらん（晴れやれぬ、晴れやらで）。	女	

〈大光院獅子舞本の道場寺〉の本文は、次のように現行の本文に近い。

①昔《むかし》から〳〵、女じやう物に、如何《いか》なるものは、成《な》り初《そ》めて、五障の雲の、晴《は》れやらで。

〈大光院獅子舞本の道場寺〉

①の語釈　「五つの不思議」「七つの不思議」という絶対的な女人禁制を強調され、かつて禁忌を破った女性に対する苛烈な仏罰を告げられた女は、女というものはどのような罪深いものが成《な》り初《そ》めたために、これほど目前の雲五障が晴れないのか（悟れないのか）、と嘆いている。すなわち女性がこの世界に誕生した原初から悟れない存在であることを、根源から問い直している。したがって、「女といふものは如何《いか》なるものが成《な》り初《そ》めて」が適当だろう。

「雲」は悟りを妨げるものの譬えである。「五障《ごしょう》」は法華経が説く女人の持つ五種の障礙《しょうがい》で、梵天王・帝《たい》釈《しゃく》・魔王・転輪聖王《てんりんじょうおう》・仏身になれないことである。ここに登場する「魔王」は、前述した仏法の守護神である。「雲五障」は、「五障の雲（五つの雲）・五障の霞・五障の雲霧」ともいう。「霞・霧」も悟りを妨げるものの譬えである。「前の雲五障」が「晴れやる」とは、迷いがなくなって悟ることである。女人は悟れないというので、「前の雲五障晴れやらぬ」が適当だろう。

宗教的差別への女の告発　右の旅の女の嘆きは、悟れない存在として宗教的に差別されている女の告発とも解釈できる。この旅の女はいわゆるジェンダーを自覚し、告発した先覚者の一人だともいえよう。

山伏神楽・番楽の本文を、次に挙げる。

Ⅰ　①そや誠かやのふ。浅《あさ》ましや〱。女ほと罪深《つみふか》ぎものはなし。
　②先《さき》の世《よ》に、いかなる因果《いんくわ》の報《むぐ》ひやら、
　③かほと尊《たつと》き御寺《みてら》諸堂《しやうと》を、拝《おか》まて戻《もと》るも悔《くや》しさよ。〈黒森の金巻A〉

①女性が罪深い存在としてあると嘆き、②は以下の類例によると旅の女が前世の罪によって女に生まれたことを嘆き、③参詣が叶わないことを悔やんでいる。

Ⅰは、一応すべての要素（①②③）を備えている。

Ⅱ　①女ほと罪深《つみふか》きものなし。

③かほと尊《たつと》き御寺をも、拝《おか》まて戻《もと》るの無念《むねん》さよ。〈中妻本の金巻〉

①女には、如何なる者の、生まれきて、

③同じ御寺を拝がまず、帰《かあはい》るの無念さよ。同じ御寺を拝がまず、帰《かあはい》るの無念さよ。

〈切田の鐘巻道成寺〉

①先《さ》きの世に〱、いかなるものは、女《おんな》と、生《う》まれ来て。

③ケ程尊《ほととふと》き御寺《みてら》を拝《おが》まずに、空《むな》しく帰る無念《むねん》さよ。〈鮫の鐘巻道成寺〉

①女にはどのような罪深いものが前身なのか、と女の罪深さを嘆き、③参詣が叶わないことを悔やんでいる。

以上のⅡは、一つの要素（②）を欠いている。このⅡの類例としては、他に〈夏屋本の金巻〉〈柳原の金巻〉がある。

Ⅲ　①おふ〱、女には、何ちう者か、なりつらめ。〈篠木の道成寺〉

①は「女には、何といふものが、なりつらむ」が正しく、女にはどのような罪深いものが前身なのか、と女の罪深さを嘆いている。

楽屋　②先《さき》の世に、如何《いか》なる罪を作《つく》りおいて、女に生れたまふ無念さよ。〈大償のかねまき道成寺〉

②先《さき》の世に、如何成罪を作《つく》り置き、女と生まれし無念さよ。〱。〈岳の金巻A〉

②先の世に、何《なに》か因果の報ひは、積《つ》もり来て、何《なに》は女に生《う》まれをなす。〈二階本の金巻〉

②は、旅の女が前世の罪によって女に生まれたことを嘆いている。

以上のⅢと現行の能舞〈鐘巻〉〈大光院獅子舞本の道場寺〉は、二つの要素（②③か①③）を欠いている。

根源的な問いと個人的な悔やみ　以上を整理すると、①女性がこの世界に誕生した時から悟れない存在であることを問う形で嘆き、また②旅の女が前世の罪によって女に生まれたことも嘆き、③それ故に寺に参詣できないことを悔やんでいる。

①と②を比較すると、①には遥かに鋭い認識・洞察がある。①は、原初から女が罪深いものとされている女性一般の問題として人びとの心に訴える、根源的普遍的な問いになっている。これに対して②は、旅の女一人の個人的な悔やみにすぎない。本来の形はこの両者が合体し、③寺に参詣できないことを無念がっていたろう。

⒄の復原　以上から能舞の⒄は、およそ次のように復原できよう。

小段落	詞章	発言者
⒄	①昔より昔より、女《をんな》といふものは、如何《いか》なるものが成《な》り初《そ》めて、前《まへ》の雲五障《くもごしやう》、晴れやらぬ。 女ほど罪深きものはなし。 ②先の世の如何《いか》なる因果《いんぐわ》の報《むく》いやら、女に生まれ、 ③これまで参りて、かほど尊《たっと》き御寺《みてら》を拝まで戻る悔しさよ。	女

⒅…**別当が嘆く女に同情し、せめて法楽の歌舞を奏上してからお戻りくださいという。**

⒆…**女が法楽の歌舞を奏上する。**

山伏神楽の法楽の歌舞　能舞には欠落しているものの、山伏神楽の次の八つの〈鐘巻〉に、「法楽の歌舞」

⒅⒆が「性差別」⒄の前後にあったり、随所に挿入されたりしている。

Ⅰ⒅①拝《おか》まて戻《もと》るの悔《くや》しくは、法楽《ほふらぐ》の前て、一《ひと》舞お舞《ま》ひやれかせのふ。

②そや、誠《まこと》かやのふ。

③さん候《そう》。

⒆④一けんまんとふを、しゆげんと押《お》し拝み。

⑤打《う》ち鳴《な》らす、鐘《かね》の五衰《ごすい》に、夢覚《さ》めて、阿吽《あうん》の二字《にじ》を、聞《き》くぞ嬉《うれ》しや。〈黒森の金巻A〉

①「法楽《ほふらぐ》の前て、一《ひと》舞お舞《ま》ひやれかせのふ」は、「法楽の舞を、一舞お舞ひやれかせのう」の義だろう。「法楽」とは神仏を賛嘆する歌舞音曲を神仏に手向けることで、ここでは女が⑤を歌いながら舞って鐘巻寺の仏に手向けることである。④「一けんまんとふを、しゆげん」は、祈りのことばらしいものの意味不詳。以下の④も同じ。

⒅①あふ、是より戻りる《ママ》の悔《くや》しくは、法楽の舞一つ舞うべくにて御座候。

⒆⑤打ち鳴《な》らし、鐘の五衰《こずい》に、夢覚《さ》めて、阿吽の二字を、聞ぞ嬉《うれ》しき。〈黒森の道成寺〉

⒅①さほと悔《くや》しくましまさは、賤か法楽の舞ひを舞て、御戻《おんも》りあれかせのふ。

②そは誠《まこと》かのふ。（中略）

⒆④一にとけけまんと〻。

⑤打鳴《な》らす、〳〵、金に五衰の、夢《ゆめ》覚て、阿吽《あうん》の二字を、聞そ嬉《うれ》しや。〈中妻本の金巻〉

〈中妻本の金巻〉の①「賤《しず》か《が》法楽の舞ひ」は在郷の法楽の舞という義で、別当が女の舞う法楽の舞を見下した言い方である。

⒆④一じょしょ、二ほっかい、へいまんけんとう、二しゃ一字十字。

⑤打《う》ち鳴《な》らす、鐘《かね》に五衰《すい》の、夢覚《さ》めて、阿吽《あうん》の二字を、聞ぞ嬉《うれ》しき。〈篠木の道成寺〉

⑱①をゝ、左程拝《さほどおが》まず帰《かへ》る事《こと》の悔《くや》しう候《さふろ》はゝ、法楽《ほうらく》の舞《まい》の一《ひと》つも舞《まふ(ママ)》ふて、帰《かへ》るべし。

⑲④一にせうごを

⑤打《う》ち鳴らし、〱、鐘《かね》の奇瑞《きずい》か、夢覚《ゆめさ》めて、阿吽《あうん》の二字《にじ》の、散《ち》るぞかなしき。〈鮫の鐘巻道成寺〉

〈鮫の鐘巻道成寺〉の⑤法楽の歌には誤伝が多い。

以上のⅠの「法楽の歌舞」は、「性差別」⒄の後に続く。

Ⅱ⑱①をおゝ、あまれりれから、夙《と》う〱戻《もと》るが悔《くや》しう候得ば、法楽《ほふらぐ》の前にて、一《ひと》舞舞《ま》いく《ママ》たるべくにて候《そう》のう。（中略）

⑲④一にしようしう、まんげんどうにしや。

⑤打ち鳴らす、鐘《かね》の五衰《ごすい》に、夢覚《さ》めて、阿吽《あうん》の二字《にじ》を、聞《き》くぞ嬉《うれ》しや。〈鵜鳥の金巻〉（田野畑本）

〈鵜鳥の金巻〉の①「あまれりれから」は不詳。

このⅡは、「鬼神になる女」⒇の後に挿入されている。

Ⅲ⑲⑤打鳴《なら》し、金に五衰《ごすへ》の、夢覚《さ》めて、阿吽の二字を、聞ぞ嬉しや、面白や。〈江釣子の鐘巻〉

このⅢは、後段の㉔に挿入されている。〈大宮の鐘巻〉もこのあり方と同じである。〈大宮の鐘巻〉は二〇〇九年（平成二一）一一月一日に花巻市で催された「はやちね全国神楽祭」で演じられていた。

Ⅳ⑱①をう、是まて参《まい》りて、拝《をか》まて戻《もと》るの、悔《くや》しさに、法楽《ほうらく》の舞《まい》を舞《も》うべくにて候《そ》。〈夏屋本の金巻〉

このⅣは、「性差別」⒄の前にある。①は「姫口上」になっているけれども、別当の発言である。

「性差別」の後に位置　以上、拝まないで戻ることの悔しさ⒄が法楽の舞を舞うきっかけになっているので、「法楽の歌舞」⒅⒆が「性差別」⒄の後に位置するⅠのあり方が適切だろう。

法楽の歌　⑤「五衰《ごすい》」は欲界の天人が命尽きようとする時に示す五種の衰亡の相で、涅槃経は衣裳垢膩《こうじ》、頭上花萎、身体臭穢《しゅうあい》、腋下汗出、不楽本座を挙げる。「五衰の夢覚めて」は俗界の迷いから解脱する譬えである。「阿吽《あうん》」は万物の始めと終わりを象徴している。

この⑤法楽の歌は、「打ち鳴らす鐘に五衰《ごすい》の夢覚さめて阿吽《あうん》の二字《にじ》を聞くぞ嬉しき（や）」が適当する。その主題は、鐘の音を聞いて万物の始めから終わりまでを悟り得た喜びである。

鐘への執心　以上、女が寺を拝まないで戻ることを気の毒に思った別当が、女に法楽の歌舞をさせてから戻ってもらおうとした。

しかしこの別当の温情は大きな誤算になり、情けが仇になっている。女は既に「七つの不思議」の一つに鐘の音の不思議（鐘の音の遠路《とおち》に消え果つることもなし）があることを知り、また鐘の音によって悟り得る喜びの法楽の歌舞をするうちに、鐘を打ち鳴らして悟りを得たいという思いに激しく取り憑かれた。この鐘に対する強い執心が次の「鬼神になる女」⒇で感極まり、寺に参詣し鐘の緒を押そうとする。

法楽の歌舞の分布　「法楽の歌舞」⒅⒆は、今のところ山伏神楽のうち、岩手県の黒森（宮古市）・中妻（釜石市）・夏屋（川井村）・鵜鳥・大宮（以上、田野畑村）・江釣子（北上市）・篠木《しのき》（滝沢市）、そして青森県の鮫（八戸市）に伝承されている。この八つの伝承例は、地域的に偏った分布とは言いがたいだろう。とくに鮫の事例は、「法楽の歌舞」の伝承地域が広かったことを推測させる。すなわち山伏神楽に元々あった「法楽の歌舞」が、これら八つの地域に残った、と推測されよう。

こうしてみると山伏神楽の一類である能舞にも、本来「法楽の歌舞」があった、と推測されよう。

これに対して番楽には今のところ「法楽の歌舞」の断片もないので、早くに消滅したのではなかろうか。

能楽の〈道成寺〉の影響　山伏神楽の〈鐘巻〉の「法楽の歌舞」は、能楽の〈道成寺〉の場と似ているので、あるいは〈道成寺〉の影響による付加か、とも考えられる。
しかし〈道成寺〉の法楽の歌舞には人口に膾炙される「花のほかには松ばかり、暮れ初《そ》めて鐘や響くらん」以下の本文があっても、「打ち鳴らす鐘に五衰《ごすい》の夢覚《さ》めて阿吽《あうん》の二字《にじ》を聞くぞ嬉《うれ》しき（や）」の断片もない。このように両者には詞章上の影響関係がないので、能楽の影響はなかろう。

構成上の連続性　「法楽の歌舞」の有無は、〈鐘巻〉の構成上の連続性ともかかわる問題である。鐘に執心する〈鐘巻〉は鐘にまつわる不思議をモチーフにしているので、この鐘の音にかかわる「法楽の歌舞」は重要な要素になる。すなわち鐘の音による悟りを説く神歌・釈教歌は、女を参詣に導く大きなきっかけになっている。したがってこの「法楽の歌舞」⒅⒆は本来あった、と考えられる。
しかし「性差別」⒄が「鬼神になる女」⒇に直結したとしても、女の心理が自然に接続している。女に生まれて参詣できないことを悔やむあまりに、一気に鐘を撞く行為に出た。そしてこの解釈によって、「法楽の歌舞」⒅⒆が欠落するようになった、とも考えられる。

⒅⒆の復原　以上から能舞の⒅⒆は、およそ次のように復原できよう。

小段落	詞章	発言者
⒅	①拝まで戻るの悔しくば、法楽《ほふらく》の舞《まひ》を一差《ひとさ》し舞ひて御戻《おんもど》りあれかしの。	別当
	②そや真実《まこと》かやの。	女
	③さん候ふ。	別当
⒆	④一けんまんとふを、しゆげん、と押し拝み、 ⑤打ち鳴らす鐘に五衰《ごすい》の夢覚《さ》めて、阿吽《あうん》の二字《にじ》を聞くぞ嬉《うれ》しき（や）。	女

8　鬼神になる女

⑳…女は鐘に執心し、鐘巻寺に参詣して鐘の緒を押し、鐘の音が休もうが、鬼神（異形の者）になろうが、構わない、とばかりに、鐘の緒を押そうとする。すると忽ち鬼神（仏法の守護神）が現れ、鐘の音が休み、女が鐘の中に閉じ込められて鬼神（異形の者）になる。

演出	小段落	詞章	発言者	舞台での所作
踊り拍子	⑳	②aはあ、諸行無常《そうぎょうむじょう》、是生滅法《ずいそめっぽう》、生滅《そうめつ》の滅已《めいっ》、寂滅《じゃくめつ》為楽《いらく》の、鐘《かね》のおほや（鐘の緒をも、鐘《かね》の緒へ）、 ④aいやしみける（休みけり、安《やす》にける）。 ②b忽《たちま》ち、鬼神《きじん》にならばなれ、 ①参《まい》らす、鐘《かね》の（詣りて鐘の緒を、参《まい》らす鐘の緒や、参りて鐘の）、さんとしる（おさんとする、さんとする）。 （①末はともあれ、かくもあれ、参《まい》らす鐘の緒ば、さんとする。（ウタカケ、反復））	女	女は手に御幣と扇子を持ち、また数珠を押し揉んで拝むなどの所作をする。楽屋の一人が例の小道具（鐘と高札の象徴）と晒し（鐘の緒の象徴）を持って舞台上手に控えている。女は晒しを手にし、小道具（鐘）に正対してきっと睨み、小道具に近付く所作をする。次第に晒しが女の体（首など）に巻き付く所作を激しくし、最後には小道具も手にして激しくもだえ、幕入りとなる。

この段落の文意は、容易に辿れない。

〈大光院獅子舞本の道場寺〉の本文は、訛りや誤伝が少ないながら、やはり現行の本文に近く、文意を辿りがたい。

①それはともあれあかくもあれ、参りて鐘を押《お》さんとす。
②a諸行無常、是生滅法、生滅々已、寂滅為楽之、鐘之緒をも、
④a休《やす》め切《き》り、
②b忽《たちま》ち鬼神とならばなれ。
①参りて鐘の緒を押《お》さんとす。〈大光院獅子舞本の道場寺〉

②a「鐘之緒」は「鐘の音《おと》」が正しい。④a「休《やす》め切《き》り」は「休み切《き》り」が正しい。この「鐘之緒（鐘の音）」は②aに本来あるべき「休まば休め」にかかるのに、それを省いて「休まば休め」に類似する④a「休み切《き》り」にかかっている。このかかり方は現行の能舞も同じである。④a「休み切り」は、鐘の音がすっかり止まる義である。これは現行の能舞の④a「休みけり」も同じで、「休み切《き》り」が正しい。②bの「鬼神」は異形の者である。

現行の能舞と〈大光院獅子舞本の道場寺〉は、二つの要素（③④b）を欠いている。

山伏神楽・番楽の本文も各伝承だけを見ていると、その文意は容易に辿りがたい。しかし能舞を含めてそれらを総合してみると、その文意が浮かび上がってくる。

Ⅰ　①やあゝ、それはともあれかくもあゝれ、参れや鐘の緒ば押《お》さんとする。
②a諸行無常の鐘の音《を》は、休《やす》まば休《やす》め、
②b忽ち蛇身とならばなれ。
①参れや鐘の緒ば押さんとする。
①それはともあれかくもあれ。………。〈岳の金巻A〉

楽屋 ①はあ、それはともあれ角《かく》もあれ、参りし鐘の緒《お》ば押《お》さんとする。
胴前 ②ａ諸行無常《しょぎょうむじょう》の鐘の音《おと》も、休まば休め、
②ｂ忽ち蛇身《じゃしん》とならばなれ。
①参りし鐘の緒ば押《お》さんとする。
胴前 ②ａおおげしゅろくの鐘の音も、休まば休め。
②ｂ忽ち蛇身《じゃしん》とならばなれ、
①参りし鐘の緒《お》ば押《お》さんとする。〈大償の鐘巻道成寺〉

②ａ「おおげしゅろく」は不詳。この本文は文脈上「諸行無常」と同じ位相にある。
以上のⅠは、三つの要素（③④ａｂ）を欠いている。

Ⅱ ①はあ、それはともあれ、参て金は押《お》さんとする。はあ、それはとも有れ。参て金は押《お》さんとする。
〱〱。（中略）
②ａ諸行無常、生滅々已、寂滅爲楽の、金のをを、休《やす》まば休《やす》め。
③忽《たちま》ち鬼神現《あらは》れたり。〱。〈中妻本の金巻〉

②ａ「金のをを」は「鐘の音《おと》も」が正しい。③「鬼神」は仏法の守護神である。ここに唯一仏法の守護神の出現を述べる③を残しているのは、貴重である。

①あゝ、それはともあれかくもあれ、参りて金の緒《を》ば押《を》さんとする〱〱。
④ｂ一に清浄法界遍満《へんまん》、現当二世悉知成就の、金の緒《を》に、閉《と》ぢ込《こ》められて、
②ｂ忽《たちま》ぢ邪身とならばなれ、
夫はともあれかこもあれ、百八の殊数、さら〱と押《を》し揉《も》んで、祈らば祈れ、

①夫はともあれかこもあれ、参りて金の緒は押《を》さんとする。（中略）

①夫はともあれかくもあれ、参りて金をば押《を》さんとするくく。〈江釣子の鐘巻〉

④b「金の緒《を》に、閉《と》ぢ込《こ》められて」は、女が鐘の緒《を》を押そうとしたので仏法の守護神によって鐘の緒《を》に巻かれて、鐘の中に閉じ込められている義である。この④bは、出現した仏法の守護神の下した懲罰である。②b「殊数」は「数珠」が正しい。「百八の数珠さらくと押し揉んで祈らば祈れ」は、「客僧の調伏と救済」(25)を想定している。

以上のⅡも、三つの要素（②b④abか②a③④a）を欠いている。

以上を総括すると、旅の女の決意と行動に続いて、その結果としての仏法の守護神の出現とその守護神の下した仏罰が浮かび上ってくる。

参り　山伏神楽・番楽の①「参り」は時に「参れや」ともなっているものの、「参り」が適当である。「参り」は参詣する義。この点、能舞は「参らす（「鐘」あるいは「鐘の緒《を》」に掛かる）」とも「参り」とも述べる。この場合の「参らす」は奉納する義である。しかし舞台の所作をみると女は鐘も鐘の緒《を》も奉納していないので、ここでは参詣する義の「参り」が適当である。

「鐘の緒を押す」と「鐘の音が休む」　①「鐘の緒《お（を）》」と「鐘の音《お（を）と》」が、混同されている。それでも多くが、「鐘の緒《を》」は「押す」につながり、「鐘の音《おと》」は「休む」につながり、本来の本文をそれなりに保存している。

鐘の緒　①「鐘の緒《を》」とは何だろうか。『日本国語大辞典第三巻』［一九八〇、五六頁］の「かね―の―お」の項目によると、「かねのお」は南部方言や会津方言で「神社に納めてある願かけの晒（さらし）」「神社に奉納する祈願の幟（のぼり）」の義とある。

『岩波仏教辞典』［一九九二、八五六頁］の「鰐口」の項目によると、寺院本堂や社殿正面の軒先に掛ける鰐口の撞座《つきざ》に、吊り下げた太い麻緒または布縄を打ち当てて音を出している。そして『世界大百科事典32』［一九七二、六〇八頁］の「鰐口」の項目によると、この吊り下げた太い麻緒または布縄を「鉦《かね》の緒《を》」と称している。この伝でいくと、釣鐘を撞いて鳴らす木に吊り下げた太い麻緒または布縄もまた「鐘《かね》の緒《を》」と称した、とも考えられる。

しかし最初の舞台の設定を見ると、「鐘の緒」とは釣鐘の竜頭《りゅうず》に結び付けた緒、綱のことで、釣鐘を釣り下げる引き綱である。『岩手県民俗芸能誌』［一九七一、三五九頁］も、旧南部領では鰐口や鈴から垂れている紐を「鐘の緒」ということを承知しながらも、ここの「鐘の緒」は釣り鐘の引き綱だ、と解している。

鐘の緒を押す女

鐘の緒を押す　では①「鐘の緒を押す」とは、どういうことだろうか。女の所作を見ると、「鐘の緒」に体を押し付けて手繰りながら鐘に近付こうとしているので、この所作が「鐘の緒を押す」だろう。実際のこの所作は、「鐘の緒を押す」とはとても見えない。しかしこれは、大きな鐘と鐘の緒を小さく象徴化した小道具と晒しによるものである。女が晒しに体を押し付けて小道具に近付こうとする所作によって幻視される情景は、女が「鐘の緒」に体を「押し」付けながら「鐘の緒」を手繰り、「鐘」に近付くことである。

以上から能舞の①は、「参りて鐘《かね》の緒を押さむとす」が適当だろう。

〈京鹿子娘道成寺〉の「鐘の緒を押す」　歌舞伎の〈京鹿子《きょうがのこ》娘道《むすめどう》成寺《じょうじ》〉にも、「鐘の緒を押す」所作が伝承されている。一九七八年（昭和五三）、歌舞伎座の四月公演の夜の部で〈京鹿子娘道成寺〉がかけられた。白拍子《しらびょうし》・花子《はなご》の役を務めたのは中村歌右衛門で、彼は師匠から教えられたすべてを演じると宣言し、その演技は神技といわれて大評判だった。

その舞台の下手《しもて》には大鐘が釣るされ、大鐘を釣る太い鐘の緒（引き綱）が豪快に上手《かみて》に延びている。この演目のクライマックスは鐘入りで、この時、花子は鐘の緒に腰を押し付けて身を委ねる所作を二、三度し、それから鐘に近づいた。筆者はこの演目を役者を変えて何回か見ていたけれども、大抵の演出は時代の好みに合わせて各場面を適宜切り接《は》ぎしている。それでこの古風な所作を見るのははじめてで、いささか奇異な感を抱いた。

しかしこうして能舞の〈鐘巻〉の本文と所作をみると、これが「鐘の緒を押す」ことだとわかる。歌舞伎の〈京鹿子娘道成寺〉は女が鐘に巻き付き、女が鐘の中に巻き込まれる修験系神楽の〈鐘巻〉とは内容的に対照的であるものの、「鐘の緒を押す」という点で共通している。

諸行無常、是生滅法、生滅滅已、寂滅為楽の鐘の音が、正しい。この本文は『涅槃経』の「無常偈《げ》」にある。『祇園図経』という経典によると、須達長者が釈迦のために建てた寺・祇園精舎のなかに無常堂があり、病僧の療養所になっていた。この堂の四隅に鐘があり、病僧の臨終の折、この鐘が自然に鳴りだして「諸行無常、是生滅法、生滅滅已、寂滅為楽」（諸行は無常なり、是は生滅の法なり、消滅滅し已《をは》って、寂滅を楽と為す）と声を出したという。そしてこの真理・悟りを説く偈《げ》を病僧が聞くと、忽ち苦しみが消え、清涼な楽しみが生じ、極楽浄土に往生できたという。

「七つの不思議」の一つ、鐘の音の不思議で、〈江釣子の鐘巻〉に「鐘打つ人の見得ざるに、諸行無常と響くなり」とあるのも、『平家物語』の冒頭の「祇園精舎の鐘の声、諸行無常の響あり」も、このことを述べている。ここではこの仏典に基づき、鐘巻寺の鐘が諸行無常の真理を鳴り響かせているといっている。この悟りを響かせる鐘の音は、法楽の歌⒆の⑤の「打ち鳴らす鐘に五衰《ごすい》の夢覚めて阿吽《あうん》の二字《にじ》を聞く」と同義であり、鐘の音の不思議の「鐘の音《おと》の遠路《とほぢ》に消え果つることもなし」とも照応している。

鐘の音は（も）休まば休め　女は法楽の歌舞をすることによって悟りを説く鐘に激しく執心し、それで①参ってはならない寺に参り、押してはならない鐘の緒を押し、それによって②a鐘の音が（も）休もうが、構わない、という極限の高ぶりに達している。

忽ち鬼神にならばなれ　右の②aと対になるのが、②b鬼神（異形の者）になろうが、構わない、という高ぶりの表現である。この点では、山伏神楽・番楽も能舞も一致している。

女は忽ち鬼神になることを承知のうえで鬼神になった、いわゆる確信犯である。そしてこの確信犯的行為に一気に追い込んだ引き金が、「諸行無常、是生滅法、生滅滅已、寂滅為楽」を説く「鐘の音《おと》」だった。この意味で鐘の音によって悟りを得たと述べる「法楽の歌舞」が、修験系神楽で大きな位置を占めている。

鬼神が出現して仏罰を下す　このように女が②a鐘の音が休もうが、②b異形の者になろうが、構わない、とばかりに、①強引に鐘の緒を押そうとしたので、その結果③「鬼神」（仏法の守護神）が出現している。そしてこの「鬼神」による仏罰として、④a鐘の音が休み切り、④b女が鐘の緒に巻かれて鐘の中に閉じ込められ、「鬼神」（異形の者）になった。

この仏罰は女の過激な言い放ちと呼応するもので、彼女の言挙《ことあ》げが即座にそのまま現実になっている。すなわち女が解《ほど》けた鐘の緒に巻かれて鐘の中に閉じ込められたので、鐘が地上に落下し、それで鐘の音が止まっている。このように仏法の守護神は素早く行動し、仏罰（鐘の音の中断と鬼神への変身）が瞬時のうちに苛烈に下されている。

(16)(24)との対応　(20)の①鐘巻寺に参詣して鐘の緒を押すと、③鬼神（仏法の守護神）が出現し、④a鐘の音が休み切り、④b鐘の中に閉じ込められて鬼神（異形の者）になったことは、既に(16)の別当の発言の①②③abで述べられており、また(24)の高札の①②③abでも改めて述べられている。すなわち、これらの三者は対応している。

(20)の復原　以上から能舞の(20)は、およそ次のように復原できよう。

小段落	詞章	発言者
(20)	①おう、それはともあれかくもあれ、参《まゐ》りて鐘の緒《を》を押《お》さむとす。 ②a諸行無常《しょぎゃうむじゃう》、是生滅法《ぜしゃうめつぽふ》、生滅滅已《しゃうめつめつい》、寂滅為楽《じゃくめつゐらく》の、鐘の音《おと》も、休まば休め、 ②b忽《たちま》ち鬼神《きじん》にならばなれ、	女
	①参りて鐘の緒《を》を押《お》さむとすれば、 ③忽《たちま》ち鬼神現《きじんあら》はれ、 ④a鐘の音《おと》も休み切《き》り、 ④b鐘の中に閉じ込められて、忽《たちま》ち鬼神《きじん》になりたりけり。（ウタカケ、反復）	ナレーター

女の所作との対応　この復原した本文の展開は、舞台上の女の所作と対応している。ウタカケ（歌掛け）に合わせて舞う女の所作は、「鐘の緒」を「押す」所作から「鐘の緒」に巻きつかれる激しい所作へと移り、最後は激烈な女の幕入りになる。これは、参詣して鐘の緒を押すと「鬼神」（仏法の守護神）が出現し、下した仏罰のうち特に女を鐘の緒に巻きつけて鐘の中に閉じ込め、「鬼神」（異形の者）にしてしまう過程を表している。

この点、『東通村の能舞』［一九八四、一八頁］は、女の激しく舞う所作を「女が行をする苦しみの中で次

鐘の緒に巻き込まれて鐘入りする女
右手の小道具が鐘、左手に持った晒しが鐘の緒

第に発狂していく様子」だ、と解している。しかし以上から、これが誤解だとわかる。

鐘巻寺の由来の実証　「鬼神になる仏罰」⒃で怪奇で謎めいた「鐘巻寺」の名称の由来が明かされていた。しかし、それは単なる昔語りではなかった。旅の女はこの女人禁制にまつわる怪奇・霊異を今に再現し、この寺が「鐘巻寺」であることを改めて実証している。別当の語りは信ずべき真実の語りだった。

山伏神楽系統と道成寺系統の型　この「鐘巻寺」の怪奇・霊異は、女人が「道成寺《どうじょうじ》」の鐘に巻き付いて異形の者（蛇体）になる能楽の〈鐘巻〉〈鐘巻道成寺〉〈道成寺〉、歌舞伎の〈京鹿子娘道成寺《きょうがのこむすめどうじょうじ》〉とその前後の道成寺物、沖縄の組踊りの〈執心鐘入《しゅうしんかねいり》〉などと逆の形になっている。

このように「鐘巻寺」の異名を持つ寺の伝承には、能楽・歌舞伎・組踊りのように女が寺の鐘に巻き付いて異形の者になる道成寺系統の型と、能舞や山伏神楽・番楽のように女人が鐘の中に突き込められて異形の者にされる山伏神楽系統の型があった。

後段…客僧が鬼神になった女を調伏・救済する

9　場の設定

(21)…鐘巻寺を場とする

演出	小段落	詞章	発言者	舞台での所作
入《はい》り 幕出《まくだ》し	(21)	其　の　二 ①やら、厳《いづく》しは（あら、厳《いづく》しの）、名所《めいしょう》なるもの。名所《めいしょう》なるもの。 ②熊野参詣《くまのさんけい》の、じゃくしゅう（着主、客僧）は、熊野参詣の、じゃくしゅう（着主、客僧）は、泊《と》まりは、何処《いづこ》ならんもの（何処知れんもの）。	ナレーター	

〈大光院獅子舞本の道場寺〉の本文は、次のとおりである。

②熊野参詣の客僧は、留りは、いつく成る物よ。　〈大光院獅子舞本の道場寺〉

鐘巻寺の設定　①は、場を前段と同じ鐘巻寺に設定している。

宿泊地を定めない客僧　山伏はかつて全国各地を遊行《ゆぎょう》していた。そこで、客僧・行者・修験者が宿泊地を定めないといっている。彼らは修行のためよく山に伏し、それで「山伏」ともいった。このように山にも伏すので、客僧の験《げん》はあらたかだった。「着僧」はその「客僧」の訛りだろう。

旅の者と地元の者　異形の者になった旅の女は諸国一見の者であり、熊野参詣の客僧も宿泊地を定めない旅の者である。この〈鐘巻〉の主たる登場人物は、別当を除いて諸国を渡り歩く旅の者である。いささか皮肉めいた言い方をすると、〈鐘巻〉は旅の女が騒動を引き起こして旅の僧がそれを鎮め、地元の別当が困惑

客僧の幕出し

したり安堵したりしている話である。

山伏神楽・番楽の本文は、およそ次のとおりである。

楽屋　②熊野詣《くまのもう》での客僧なり。熊野詣《くまのもう》で客僧なり。泊りはいずくと尋ね行《ゆ》く。〈大償の鐘巻道成寺〉

②熊野詣りの客僧には、はい、熊野詣りの客僧には、泊りは何処となさばやと。〈中山の鐘巻御寺〉

②街道宿《かいどうしゅく》宿《しゅく》御客僧《おきゃくそう》。街道宿宿御客僧。泊《とま》りは何処の。羽黒山。〈根子の鐘巻〉

②旅の衣を鈴懸《すず》けて、露なき袖をしほるらん。熊野参詣の御客僧。泊《と》まりはいつくの。羽黒山にと急かるゝ。〈二階本の金巻〉

なお〈大宮の金巻〉は、山伏が登場する前に擂《す》り粉木《こぎ》を持った男が法螺貝を吹いたりして道化を演じ、山伏の登場と入れ替えで幕入りしている。

(21)の復原　以上から能舞の(21)は、次のように復原できよう。

小段落	詞章
(21)	やら、①音に聞く鐘巻寺とは、来てみれば、来てみれば、厳《いつく》しの、名所なるもの。名所なるもの。②熊野参詣の客僧は、熊野参詣の客僧は、泊まりは何処《いづこ》知れぬもの。

10　客僧の霊験の披露

(22)…客僧が、修験の各霊山で厳しく修行している、と名乗る。

演出	小段落	詞章	発言者	舞台での所作
幕付《まくづ》き	(22)	①御前《おおまい》に、罷《まか》り立《た》ったる、じやくしゅう（着主、客僧）は、いかなるじやくしゅう（着主、客僧）、と思《おも》し召《め》し（思《おぼ》し召《め》す）。 ②我《われ》は、是《こ》れ、大峰《おほみね》（大峰に、近江）、三十三度《さんじゅうさんど》、葛《かづら》（葛城《かつらぎ》）に、三十三度、出羽《では》に、三十三度、九十九度《くじゅうくど》を、駆《か》けたる、じやくしゅう（着主、客僧）にてござ候《そうろう》（候へば）。	客僧	客僧が登場する。

〈大光院獅子舞本の道場寺〉の本文は、現行の能舞とほぼ同じである。

客僧の登場　ここで、天狗（あるいは山伏）の面を被った客僧が登場する。①は型どおりの自己紹介の冒頭部で、客僧が自分の素性を観客に推測させている。

大峰・葛城・出羽　「大峰」は「大峰山《おほみねさん》」、「葛城」は「葛城山《かつらぎさん》」、「出羽」は「出羽三山《ではさんざん》」（羽黒山《はぐろさん》・月山《がっさん》・湯殿山《ゆどのさん》）で、いずれも修験道の代表的な霊山である。

山伏神楽・番楽の本文の多くは、およそ能舞の本文と同じである。この他に客僧が巡る修験道の霊山・霊地は、富士山、釈迦ケ岳《しゃかだけ》、白山《しらやま》、鳥海山《ちょうかいさん》、秩父ケ嶽《ちちぶだけ》である。また、「滝行四十八滝」も挙げている。

いや〱東西《とふさい》。①こを御前に罷出たる者をは、との国の住人、如何成ものそと思召す。（中略）
②我らと申は、峯《みね》にとりては、大峰三十三度、葛城三十三度、羽黒三十三度、合して九十九度、其外

日本六十余州、名山名嶽《めいざんめいたけ》々までも、駈《か》けいたしたる陰陽《おんよう》にて候。〈二階本の金巻〉

客僧を「陰陽《おんよう》」とも称している。

①をう、かように、罷《まか》り立《た》たる、客僧《きやく》を、いかなる客僧《きやくそ》、と思《おほ》し召《め》す。

②熊野《くまの》駈《か》け出ての客僧《きやくそ》にて御座《ござ》候《そろう》か、峰《みね》を行《をこの》うことわ、大峰三拾三度、葛城《かつらき》三拾三度、滝《たき》を行（をこのう）こと四拾八滝《はんたき》、一富士《いちふじ》、二釈迦《しやか》、三《さん》に白山《しらやま》、四鳥海《しちやうかい》、北国《ほんこく》は、秩父《ちちぶ》かさきまで駈《か》けたる、客僧《きやくそう》にて御座《ござ》候《そうろう》か。〈夏屋本の金巻〉

「秩父《ちちぶ》かさき」は「秩父《ちちぶ》ケ嶽《だけ》」が正しい。

㉒の復原　以上から能舞の㉒は、およそ次のように復原できよう。

小段落	詞章
㉒	①御前《おんまへ》に罷《まか》り立ちたる客僧とは、いかなる客僧、と思《おぼ》し召《め》す。 ②我《われ》はこれ、大峰《おほみね》に三十三度、葛城《かつらぎ》に三十三度、出羽《では》に三十三度、九十九度を、駆《か》けたる客僧にてござ候ふ。

㉓…客僧が自分の霊験を誇る。

演出	小段落	詞章	発言者	舞台での所作
	㉓	①a石《いし》に、はごをつこうとも（箔を付かす、ばくをつかい）、 ①b枯木《かれき》に、花《はな》を咲《さ》かせるとも、 自由自在《じゆうじざい》のじゃくしゅう（着主、客僧）にてござ候《そうろう》。	客僧	

〈大光院獅子舞本の道場寺〉の本文は、現行の能舞とほぼ同じである。

石に箔を打つ（付かす）　この段落では、客僧が不可能を可能にする霊験を誇っている。したがって①a「石《いし》にはごをつこう（箔を付かす）」は、対句仕立ての①b「枯れ木に花を咲かせる」と共に、不可能なことを意味しなければならない。

山伏神楽・番楽の本文は、およそ次のとおりである。

①a石にはぐをうだせよふ共、〈岳の金巻A〉

①a石《いし》にはぐおうぢよふ共《とも》、〈岳の金巻B〉

①a石にばく（がく・はく）をうたうとも、〈大償のかねまき道成寺〉

①a石はく（箔カ）をうとふ共、〈岩谷堂の金巻〉

①a石《いし》にばくつかい、〈二階本の金巻〉

①a石に銀箔を付けようとも、〈切田の鐘巻道成寺〉

一覧すると、「石に箔《はく》を打つ（付かす）とも」が適当する。

鉱物を元の鉱石に戻す　しかしその意味するところは、容易に理解しがたい。常識的に考えると「箔《はく》」は、例えば金箔・銀箔などと解せられる。そして石にこれらの箔を打つ（あるいは付かせる）ことは、可能なことである。これでは、不可能なことを列挙するこの対句の趣旨に反している。

この本文の意味を、次のように考えてみたらどうだろうか。菅江真澄《すがえますみ》の図絵集『粉本稿』［一九七五、四七・四二三頁］に、秋田県の阿仁銅山のスケッチがあり、「石砕てかねとるを、はくをからむ」と説明している。すなわち銅の「鉱石《いし》」を砕いて「鉱物《かね》」（今の場合、銅）を採る（抽出する）ことを、「箔《はく》をからむ」という。そしてこの後砕いた石を鍋に入れて長時間過熱することで、「箔《はく》」が分離する。この工程は手間暇のかかる難儀な作業ながら、できることである。

しかしその工程を逆にして、「鉱石《いし》」から「鉱物《かね》」（金銀銅鉛などの箔《はく》）を分離・抽出し終えたただの「石《いし》」に「鉱物《かね》（箔《はく》）」を「打ち（付かせ）」て元の「鉱石《いし》」に復原することは、不可能である。こうして見ると「石《いし》に箔《はく》を打つ（付かす）」の意味は、ただの「石」に「箔《はく》（鉱物《かね》）」を「打つ（付かす）」ことによって元の「鉱石《いし》」に戻すことになる。いわれるように、山伏は鉱石・鉱山に詳しかった。

枯れ木に花を咲かす　この時間の逆行は、対句の①ｂ「枯れ木《かき》に花《はな》を咲《さ》かせる（咲かす）」とも共通している。「青木に花を咲かす」ことはもとより容易《たやす》いけれども、時間を逆行させて「枯れ木」を「青木」にして「花を咲かす」ことは不可能である。「枯れ木に花を咲かす」ことは、「焼いた魚（干物にした魚）を泳がす」ことと同じで不可能である。

客僧の霊験　客僧が行う霊験は、能舞では右の二点（①ａｂ）だけながら、山伏神楽・番楽の本文を見るとさらに次のように多数ある。

②炒り大豆に花を咲かせる
③地を這う虫の足を止める（澱める）
④地に伏す大蛇も祈り起こす
⑤天飛ぶ鳥を祈り落とす（加持加持）落とす
⑥流れる水に文字を書く
⑦音羽の滝に絵を描き留める（描き分ける）
⑧天を走る雲に絵（文字）を描く（書く）
⑭⑮は不詳。

⑨大河《だいかは》を逆さまに流す
⑩山中に舟を繋ぐ
⑪飛ぶ雲に乗り、雨を降らせ、霧を起こし、風を呼ぶ
⑫火に入り、水を潜《ママ》る
⑬日中を闇とし、闇を日中と行いすます
⑭走り舟に身をかこう（かく）
⑮石に馬じやうを造らせる

山伏神楽・番楽の本文は、これらを適宜組み合わせ、例えば次のような本文を持っている。

⑧走《はし》る雲《くも》に絵《え》を描《か》こをとも、⑤飛《と》ぶ鳥《とり》を祈《いの》り落《おと》そをうとも、⑨大河《たいがは》を逆《さかさ》に流《なか》そうとも、
①b枯《か》れ木《き》に花《はな》を咲《さ》かせよをとも、自由自在《ちよをちさい》ば、金《かね》が三枚《さんまい》にて、祈《いの》る御着僧《おんちやくそを》にて御座《こさ》候《そうろ》が。

〈黒森の金巻A〉

〈柳原の金巻〉は少々異風で、次のとおりである。

法《ほ》にとりてわ、⑯飯縄、⑰修羅《しら》天、⑱天狗の兵法《へいほ》、⑲釘《くぎ》抜ぎ、⑳石砕ぎ、①b瓦礫に花咲かせ、⑨大川を逆さに流すほどの、客僧にて候《そろ》。〈柳原の金巻〉

法力を誇る客僧

⑯「飯縄」は、信州の修験の霊山・「飯縄《いづな》山」（霊仙寺《りょうせんじ》山とも）のことである。小林計一郎《こばやしけいいちろう》［一九八八、三六九〜三七一頁］によると、「飯縄《いづな》の法」は兵法と関係深く、信玄・謙信などの武将がこの法を信じた（または習得した）といい、また弘前《ひろさき》藩に飯縄流と称する馬術もあったという。この法は秘法・魔法でもあり、時には放下《ほうか》（手品・曲芸）とも見られていたらしい。⑰「修羅《しら》天」、⑱「天狗の兵法」、⑲「釘《くぎ》抜ぎ」、⑳「石砕ぎ」もこれとかかわるか、不詳である。①b「瓦礫《がれき》に花咲かせ」は①b「枯《か》れ木《き》に花《はな》を咲《さ》かせる」の誤解だろう。

自負心の強い客僧　ここに描かれる客僧像は自信に溢れて自負心が強く、時にはそれなりに高額な祈祷料（金《かね》が三枚）を示して、抜け目なく売り込んでいる。

(23)の復原　以上から能舞の(23)は、次のように復原できよう。

小段落	詞章
(23)	①a石《いし》に箔《はく》を打つ（付かす）とも、①b枯れ木に花を咲かすとも、自由自在の客僧にてござ候ふ。

(24)…客僧が次のようにいう。布施屋の一人娘が女人禁制の鐘巻寺に参詣して鐘の緒を押したので、浅間ケ嶽（朝熊ケ嶽）が近いので鬼神（仏法の守護神）が飛んで来て、鐘の音が休み、女が鐘の中に突き込められて鬼神（異形の者）になった。その鬼神を祈り出した者に金品などをたくさん与える、という高札が出ている。これに応えて、日頃鍛えた験を人々に披露したい、と。

演出	小段落	詞章	発言者	舞台での所作
鬼《おに》の幕出し	(24)	①誠《まこと》なるかや。承《うけたまわれ》ば、ひょう屋《や》（布施屋、せいや、勢屋、平家、ひーや、清屋、ひせや、平野）の、長者《ちょうじゃ》の、一人姫《ひとりひめ》は、参《まい》らんとし（参らんと言う、参らんと聞く、参らんとす）、いしみてらに（石見寺に参り、石見寺に参りと、姫《ひめ》寺へ参る、すみ寺に参り）、 ②近《ちか》ければ、（浅間《あさま》ケ嶽《だけ》にも近ければ、鬼が出る浅間が嶽は近ければ、朝熊《あさま》が嶽《だけ》は近ければ）、 ⑤ただ今《いま》、祈《いの》り致《いた》し申《もう》す。 ちょうちょうにんの（町々人の、ちょうちょう人の、ちょちょ人の、きゃうきゃう人の、けうけう人の）、御目《おんめ》にかけばやっ、と存《ぞん》じ候《そうろう》。 おお、①ひょう屋《や》の、長者《ちょうじゃ》の、一人姫《ひとりひめ》は、参《まい》らんとし、いしみでらに、	客僧	

②近《つか》ければ、
⑤ただ今《いま》、祈《いの》り致《いた》し申《もう》し、ちょうちょうにんの、御目《おんめ》にかけばやっ、と
存《ぞん》じ候《そうろう》。

この段落の文意は、直ちに辿りがたい。

〈大光院獅子舞本の道場寺〉の本文は、次のように本格的である。

①誠なるかな、布施の長者の、ひとり姫、参らんと言し、御寺ゑ参り、おさん言し鐘をおし、
③a鐘の緒をやすめきり、
③bたちまち鬼神となつたるよしを、承り候程に、
⑤唯今、祈り出し、町々人の御目に、かけ申さはや、と存《ぞん》じ候。（中略）
①おう、布施屋の長者の、ひとり姫、参らんと言し、御寺へ参り、おさんと言し、鐘をおし、
③a鐘の緒をやすめきり、
②東の嶽はちかけれは、
③b忽鬼神となりたりけり。〈大光院獅子舞本の道場寺〉

これを今まで復原させた本文を参照すると、次のように復原できよう。

①おう、誠なるかな、布施屋《ふせや》の長者の、一人姫《ひとりひめ》は、参らぬと言ひし、御寺《みてら》へ参り、押さぬと言ひし、
鐘の緒《を》を押し、
②浅間《あさま》ケ嶽《だけ》（朝熊《あさま》ケ嶽《だけ》）は近ければ、
③a鐘の音《おと》も休み切《き》り、
③b忽《たちま》ち鬼神《きじん》となりたる由《よし》を、承《うけたまは》り候ふほどに、

⑤唯今、祈り出し、町々人の御目《おんめ》に、かけ申さばや、と存じ候ふ。〈大光院獅子舞本の道場寺の復原〉

②「浅間《あさま》ケ嶽《だけ》（朝熊《あさま》ケ嶽《だけ》）は近ければ」とあるので、以下のこの段落の類型に則るとこの後に「鬼神」（仏法の守護神）が出現するという意の本文が省略されていよう。

山伏神楽・番楽の本文を次に挙げて、比較・検討する。

Ⅰ①誠《まこと》やら、天《あめ》の布施《ふせ》屋《や》の長者、一人《ひとり》姫は、参《まい》らんと言《い》いし、御寺《みてら》に参《まい》り、押《を》さんと言《い》いし、鐘《かね》の緒《を》を、
押《を》したる故《ゆゑ》よて、
②東《あつま》か嶽《だけ》も近《ちか》けれは、魔王・鬼神も、飛《と》び来《き》たりて、
③a鐘《かね》の音《を》も休《やす》め切《き》り、
③b鐘《かね》の中《なか》に突《つ》き込《こ》められたる由《よし》、そと承《うけたまわ》んで候《そ》ほどに、
⑤是を、一加持加持《ひとかんぢがんじ》、じやのをもて御見《をみ》せ申《もう》さばや、と存《ぞん》じ候《そう》。〈夏屋本の金巻〉

②「魔王・鬼神」は仏法の守護神である。⑤「じやのをもて」は不詳。

①我は是、あめのふせや長者にて候。夫、壱人姫こそは、参るなといひし、鐘を押、
③a鐘の緒もやすみきり、
③b鐘にも、つっこめられ、忽ち鬼神になつて候。
④是《これ》祈り出したるものあらは、金銀米銭、それ褒美、望次第、宝物なり共、賜る、との高札にて候。（中略）
何々、①紀州まなこの庄《しやう》、誠《まこと》やら、あめのふせや長者の、壱人《ひとり》姫こそは、参なと云し、御寺に押て参り、押《お》さんといゝし、鐘を押し、
③a鐘の緒もやすみきり、
③b鐘にも、つっこめられ、たちまち鬼神になって候。

④是《これ》祈り出したる者有らは、金銀米銭、それ褒美、望次第のたからものなりとも、給る、との高札に
て候。（中略）
⑤是《これ》風情の事、祈り出して、上中人《じやうちうにん》の人々《ひとびと》に御目にかけはや、とそんし候。〈二階本の金巻〉

重複や混乱を整理すると、次のように復原できよう。

①なになに、誠やら、紀州まなこの庄《しやう》、天《あめ》の布施屋《ふせや》長者の、一人姫《ひとりひめ》こそは、参るなと言ひし、御寺《みてら》
に押して参り、押さぬと言ひし、鐘の緒《を》を押し、
③a鐘の音《おと》も休み切《き》り、
③b鐘の中にも、突き込められ、忽ち鬼神になりて候ふ。
④これを祈り出したる者あらば、金銀米銭、それ褒美、望み次第の宝物《たからもの》なりとも、賜る、との高札に
て候ふ。
⑤これ風情《ふぜい》の事、祈り出して、上中人《じやうちうにん》の人々《ひとびと》に御目にかけばや、と存じ候ふ。〈二階本の金巻の復原〉

以上の〈大光院獅子舞本の道場寺〉とⅠは、一つの要素（④か②）を欠いている。

Ⅱ楽屋①真《まこと》やら、承《うけたまわ》り候えば、布施《ふせ》屋の長者の、一人の姫こそは、参らぬと言いし寺へ参り、押さんと
言いし鐘の緒《お》を押したるが故によって、
②愛宕《あたご》・鞍馬《くらま》の彼方《あなた》より、大天狗《てんぐ》・小天狗、舞下り、
③b忽ち蛇神《じやしん》になったる様子をも、承つて候程に、
⑤我一座《いちざ》の加持《かじ》をいたし、彼《か》の蛇神《じやしん》を祈り出し、退治して、皆衆生《しゆじやう》人の御目《おんめ》にかけばや、と存じ候。
〈大償の鐘巻道成寺〉
④いやいや、面白き札の表にて候。

①天《あめ》や布施屋《ふせや》の長者の、一人姫、奈良の御寺へ参らんとて、御寺へ参る。押さんという、鐘の緒を、
③ｂ鐘の緒に突き込められ、巻き込められ、忽ち大蛇になりしたり。
④いや、これを退治する者あらば、すーだんには、銭なら銭、金なら金、香車《こうしゃ》で押《お》して取《と》らしょう、
との高札にて候。（中略）
⑤おうにんの人人お御前で祈り出して、御目かけばや、とも存じ候。〈根子の鐘巻〉

④「すーだん」は不詳。

①往古久敷や長者の、一人姫、奈良の御寺に押して参り、
③ｂ忽ち鬼神となつた、と承て、
④彼の女を右の女に祈り返し人有ならば、銭と金は車で押して通らせると言ふ、高札の表に就て参りました。
⑤御頼み合だら御祈祷致します。
太鼓打　頼みます。〈田子の金巻〉

⑤はもし依頼があるならば祈祷しましょうの義で、これに対して「太鼓打」（胴取り）が祈祷を依頼している。以上のⅡは、二つの要素（③ａ④か②③ａ）を欠いている。このⅡの類例として、他に〈岳の金巻Ａ〉〈岩谷堂の金巻〉〈西長野の金巻〉〈柳原の金巻〉がある。

なお現行の能舞は、三つの要素（③ａｂ④）を欠いている。

「石見寺に参り」と「姫（すみ）寺に参り」は「言ひし御寺に参り」　前段では、旅の女の参詣した寺が「鐘巻寺」だった。そして現行の能舞では、この俗称「鐘巻寺」（女人への仏罰寺）が①「石見寺《いしみてら》」ともいわれているので、この寺の正式な寺号が「石見寺《いしみてら》」のように見える。

しかし〈大光寺獅子舞本の道場寺〉（一七五五年筆録）・山伏神楽・番楽を見ると、「石見寺《いしみてら》」はどこにも登場していない。そして「石見寺《いしみてら》に参り」に相当する文脈を見ると、「言《い》ひし御寺《みてら》に参り」が入っている。すなわちこの文脈の実際の発音のイイシミテラが、イシミテラに変化して「石見寺《いしみてら》」と理解されている。また「言《い》ひし御寺《みてら》に参り」が、「言《い》ひ」＝イイを失い、シ（ス）とヒの混同もあって「姫《ひめ》（すみ）寺《てら》に参り」とも理解され、一人姫が寺に参りの義にも解されているようである。

こうしてみると、「石見寺」はどこにも存在していないことになる。結局、「鐘巻寺」の正式な寺号はわからずじまいである。

鬼神（仏法の守護神）が出る　このように「石見寺《いしみてら》に参り」「ひめ（すみ）寺《てら》に参り」が「言《い》ひし御寺《みてら》に参り」だとすると、①は女が「参らぬと言《い》ひし御寺《みてら》に参り」、禁忌を破ったので、②「浅間ケ嶽（朝熊ケ嶽）は近ければ」「鬼が出る」ことになった。この「鬼」は「鬼神」と同じで、仏法の守護神である。

鬼神（異形の者）になる　またこの段落の演出に「鬼の幕出し」とあって、旅の女が「鬼」になって登場しているので、能舞の異形の者もまた「鬼」だとわかる。したがって現行の能舞の前身である〈大光院獅子舞本の道場寺〉にも、女が③b「鬼神となりたり」とある。

⒃⒇との対応　以上の①女人禁制を破る条、②鬼神（仏法の守護神）の出現の条、③b旅の女が鬼神（異形の者）になる条は、⒃の①②③bと⒇の①③④bに対応している。

金品などを与えるという高札　番楽のほとんどは、④異形の者を祈り出した者に金品などをたくさん与えるという高札（禁札）を出し、これに応募したのが客僧・行者だという設定になっている。

これに対して山伏神楽で④を伝承するのは、〈田子の金巻〉だけである。しかし前段⑴の「場の設定」で述べたように『東通村の能舞』［一八頁］によると、別当が一舞あって「金札《ママ》を舞台に置いて去る」と述べ、次いでこの「禁札は鐘を意味すると思われる」と修正説を提示している。すなわち別当が「禁札」（高札）を置いた（設置した）という伝承があるのに、『東通村の能舞』の著者がこの「禁札」を「鐘」とのみ理解している。このような修正説が出るのは、「禁札」（高札）のことを述べる④の本文がかつてあったものの、早くにその本文を失っていたことを示していよう。

このような若干の痕跡から、山伏神楽・能舞にもかつて禁札（高札）に書かれた④の本文があった、と想定できる。

功利的で功名心の強い客僧　ここに描かれる客僧・行者像は、日頃鍛えた験《げん》を人々に披露して褒美を貰おうという、功利的で功名心の強い人物である。客僧・行者がかつて世話になっただろう布施屋に恩義を感じて「鬼神」（異形の者）にされて苦しむ娘を救済しようとか、あるいはもっと大きく神仏に仕える者の高邁な使命から苦境にある女を救済しようとは、考えていないようである。

衆生人　⑤「ちょうちょう人《にん》」とその類語（町々人・上中人《じやうちうにん》の人々《ひとびと》・衆生人《しゆじようにん》・おうにんの人など）は難解である。

客僧は仏説に詳しいので、一般大衆を仏教語の「衆生《しゆじやう》」（この世の迷いの世界にいるすべての人間の意）を用いて「衆生人《しゆじやうにん》」と表現したのではなかろうか。客僧は高い目線をもっているので、一般の人々を「衆生人」と十把一からげにしそうである。

ところが本来山伏が管理していた神楽が村人に移管されるにつれて「衆生人」の意味が理解されず、大きく訛ったり誤解されて「町々人」・「上中人《じやうちうにん》」という不自然な表現になり、さらには意味不明な「おうにんの人」などになったのではなかろうか。

(24)の復原　以上から能舞の(24)は、およそ次のように復原できよう。

小段落	詞章	発言者
(24)	①真実《まこと》なるかや。承《うけたまは》れば、布施屋《ふせや》の長者の一人姫《ひとりひめ》は、参らぬと言ひし御寺《みてら》に参り、押さぬと言ひし鐘の緒《を》を押したるゆゑに、 ②浅間《あさま》ケ嶽《だけ》（朝熊《あさま》ケ嶽《だけ》）は近ければ、鬼神《きじん》飛び来《き》たり、 ③a鐘の音《おと》も休み切《き》り、 ③b鐘の中に突き込められ、忽《たちま》ち鬼神《きじん》になりて候ふ。 ④これを祈り出したる者あらば、金銀米銭財宝《きんぎんこめぜにざいほう》、香車車《かうしゃぐるま》で引き（い）て取らそ、との高札《かうさつ》（禁札《きんさつ》）にて候ふ。 ⑤それを、ただ今、祈り致し申し、衆生人《しゅじゃうにん》の御目《おんめ》にかけばや、と存じ候ふ。	客僧

鐘巻寺の由来を三回述べる　以上、鐘巻寺の名称の由来する怪奇な事件があったことを再説している。結局、鐘巻寺の名称の由来は、三回（(16)(20)(24)）述べられている。

11　客僧の調伏と救済

(25)…客僧が呪文を唱え続け、鬼神（異形の者）を祈り出し、調伏・救済する。

演出	小段落	詞章	発言者	舞台での所作
	(25)	南無西方《なむさんぽう》にも、行者行者《ぎょじゃぎょじゃ》。 南無北方にも、行者行者。 南無南方にも、行者行者。 南無東方にも、行者行者。 南無中央にも、行者行者。（ウタカケ、反復）	客僧	客僧が異形の者（鬼神）を祈り伏せる呪文を唱える。途中から異形の者が登場し、客僧と激しく戦う。最後に客僧が異形の者を抱え幕入りをする。

異形の者と対峙する客僧

ここで「鬼神」（異形の者）が登場して客僧と対峙する。**鹿橋のテキスト**は、「南無西方《なむさんほう》にも、行者行者《ぎょじゃぎょじゃ》」しか記していない。しかし実際に公演を見ると全句を唱えているので、全句を記した。**〈大光院獅子舞本の道場寺〉の本文**は、現行の能舞とほぼ同じである。**呪文**は西・北・南・東・中央のどこにも行者がおり、鬼神（異形の者）がどこにも逃げられないことを述べている。**山伏神楽・番楽の本文**を見ると、次のように能舞と同類の経文・呪文と、別の経文・呪文がある。

行者《ぎょうちゃ》〱、南無東方には役《えん》の行者《ぎょうちゃ》。
行者《ぎょうちゃ》〱、南無南方には役《えん》の行者《ぎょうちゃ》。
行者《ぎょうちゃ》〱、南無西方には役《えん》の行者《ぎょうちゃ》。
行者《ぎょうちゃ》〱、南無北方には役《えん》の行者《ぎょうちゃ》。
行者《ぎょうちゃ》〱、南無中央には役《えん》の行者《ぎょうちゃ》。
四方固《かた》め祈る役《えん》の行者《ぎょうちゃ》。〈鵜鳥の金巻〉（三上本）

ここでは客僧が、修験道の祖・役《えん》の行者《ぎゃうじゃ》として祈祷している。

沙門①さんぎさんぎ、六魂堂社、お姫に八代、金剛童子、
②遠くは熊野権現、近くは羽黒の権現、西方八幡太神、伊勢は神明天照皇大神、野瀬の観音、峯の薬師、四方山には、月山大権現、行社〱と。〈田子の金巻〉

①見我身者《しんしゃ》、発菩提《ほつぼたい》心、聞我名者《もんがみゃうしゃ》、断惑修善《だんなくしゅぜん》、聴我説者《ちゃうがせつしゃ》、得大智恵《ちゑ》、知我心者《ちがしんしゃ》、即身成仏《じゃうぶつ》。〈二

階本の金巻〉

①けんかしんしやは、ほつぼたいし、もんかもんしやは、たんしく、しよちき。〈興屋の金巻〉

①けんがしんしや。〈西長野の金巻〉

「行社」は「行者」の義だろう。①では経文を唱え、②では遠近の神仏を招き、調伏《ちょうぶく》に助力を請うている。

(25)の復原　以上から能舞の(25)は、本来の本文を伝えている。

客僧と異形の者の闘い　鬼神（異形の者）は口に紙で作ったウキという笛を口にしてピーピーという音を出し、鬼神の異様さを強調する演出もある。これは山伏神楽・番楽なども同じで、『山伏神樂・番樂』［二八九頁］の〈岳の金巻A〉によると、「うきと稱する二片のうきの木の間に櫻の皮を挟んでつくつたふくみ笛を鳴らしつゝ出る」とある。ウタカケを反復し、さまざまな型を見せながら延々と続く客僧（行者）と鬼神（異形の者）の力のこもった闘いは、見所である。

客僧と異形の者の闘い

幕入り　最後に、客僧が鬼神（異形の者）を抱えて幕入りをする。これは女が祈り伏せられたことを表しているという。これで終わる演出と、鬼神（異形の者）が元の女になって改めて舞台に姿を見せる演出とがある。前者は女が成仏したと解され、後者は女が正気に戻ったと解されている。

この他に『山伏神樂・番樂』［二八四頁］によると、山伏神楽・番楽には「最後に蛇身のものが成佛の體で、女姿に戻つて舞ふ所もある」と記している。

修験道による調伏・救済　以上、女が寺の禁忌を犯したために仏罰を蒙った怪奇な事件を解決したのは、霊的な世界に通じた修験者・客僧・行者だった。女人が成仏したにせよ、正気に戻ったにせよ、怪奇な霊的事件で苦しむ者を修験者が見事に調伏・救済していることは、この〈鐘巻〉が修験者・山伏の宣伝芸能だとされる所以である。

強靭な伝承力・復原力　以上、現行の能舞〈鐘巻〉と〈大光院獅子舞本の道場寺〉をテキストにし、山伏神楽・番楽の〈鐘巻〉と比較・検討し、能舞〈鐘巻〉の原本文を二五段落にわたって復原した。現行の能舞〈鐘巻〉はその二五段落のうち、九段落(5)(10)(11)(12)(13)(14)(15)(18)(19)が欠落（ほぼ欠落）していた。この欠落の状況は、全体の約三分の一である。

しかしこの状況から原本文をほぼ復原できたのは、この演目に強靭な伝承力があったからである。下北半島に伝承されている能舞〈鐘巻〉がほぼ同質で、強固な伝承圏を形成しており、北東北地方に伝承されている山伏神楽・番楽の〈鐘巻〉も、各々にかなりの錯誤や欠落を伴いながら、やはり同質の詞章を伝承していた。これは、伝承者がそれなりに責任を持って実直に伝承してきたことを意味していよう。

このことには驚きと感動を禁じ得ない。これらの強靭な伝承力があればこそ、欠落の多い能舞〈鐘巻〉の原本文がかなりのレベルまで復原できた、と痛感する。

異形の者を抱えて幕入りする客僧

四　復原した〈鐘巻〉の構成と本文

復原した〈鐘巻〉の構成と本文　以上から、復原した能舞〈鐘巻〉の構成と本文は、およそ次の表のようになる。なお、（　）は発言者を示す。（ナ）はナレーター、（女）は旅の女、（別）は別当、（客）は客僧の略である。

大段落	小段落	構成と本文
前段…女が鐘巻寺の女人禁制を破って鬼神になる		
	1　場の設定	
	(1)	（ナ）音に聞く鐘巻寺《かねまきてら》とは、来てみれば、来てみれば、あら、厳《いつく》しの、名所なるもの。名所なるもの。 いとどさに心寂《こころさび》しき山寺に、経《きやう》読みながら参る稚児《ちご》かな。 御祈祷《ごきたう》に千代《ちよ》のや御神楽《みかぐら》参らする。参らす神は重ね重ねに。はいや。はいや。
	2　女の参詣と女人禁制	
	(2)	（女）漸《やうや》う急ぎ行くほどに、漸《やうや》う急ぎ行くほどに、鐘巻寺に着きにけり。
	(3)	（女）御前《おんまへ》に罷《まか》り立ちたる女《をんな》とは、いかなる女、と思《おぼ》し召《め》す。 我《われ》はこれ、そも、都に隠れなき布施屋《ふせや》の長者《ちやうじや》の、一人姫《ひとりひめ》にてござ候《さふら》ふ。歳《とし》は当年《たうねん》二十三歳。 日本《にっぽん》な、堂々《だうだう》寺々、名所旧跡《きうせき》とて、あらあら見巡《みめぐ》り候ひしが、未《いま》だ音に聞く、養良《よら》（由良《ゆら》）の開山、 鐘巻寺を見ず候ふほどに、鐘巻寺へと漸《やうや》う急ぐ女にてござ候ふ。 鐘巻寺と申《まう》すは、この方《はう》にて候ふか。別当《べったう》の御坊《ごばう》、内に御座《ござ》ましますかの。

(4)	（別）さん候《ざふら》ふ。鐘巻寺と申《まう》せば、貴《たっと》き御寺《みてら》のことなれば、昔よりして、男参《をとこまゐ》れども、女《をんな》参らぬ御寺《みてら》ゆゑ、女の身として、それより疾《と》く疾《と》く御戻《おんもど》り候ふべしいの。
(5)	（女）鐘巻寺と申《まう》せば、貴《たっと》き御寺《みてら》のことなれば、昔よりして、男《をとこ》参れども、女《をんな》参らぬ御寺《みてら》ゆゑ、女の身として、これより疾《と》く疾《と》く帰《かへ》れ、とのたまふかよの。 （別）さん候《ざふら》ふ。
3　百日・千日の行	
(6)	（女）鐘巻寺と申《まう》せば、貴《たっと》き御寺《みてら》のことなれば、昔よりして、男参《をとこまゐ》れば百日の行《ぎやう》にて参る、と聞く。女《をんな》参れば千日の行にて参る、と聞く。我ら女性《にょしゃう》（女人《にょにん》）のことなれば、千日の行にて参り候《さふら》ふほどに、何の愚かが候《さふら》ふべしいの。
4　五つの不思議	
(7)	（別）鐘巻寺と申《まう》せば、貴《たっと》き御寺《みてら》のことなれば、五つに五つの不思議は候ふ。
(8)	（女）五つに五つの不思議にとりては、どれどれの。
(9)	（別）木だに、雄木《をぎ》立てども、雌木《めぎ》立たず。 虫だに、雄虫《をむし》通へども、雌虫《めむし》通はず。 鳥だに、雄鳥《をんどり》通へども、雌鳥《めんどり》通はず。 鹿だに、雄鹿《をじか》通へども、雌鹿《めじか》通はず。 男参《をとこまゐ》れども、女《をんな》参らぬ、山にて候ふ。 これ五つの不思議ゆゑ、女の身として、それより疾《と》く疾《と》く御戻り候《さふら》ふべしいの。
(10)	（女）五つの不思議ゆゑ、女《をんな》の身として、これより疾《と》く疾《と》く帰《かへ》れ、とのたまふかよの。 （別）さん候《ざふら》ふ。

5 七つの不思議

⑾ （別）またここに、七つに七つの不思議は候ふ。

⑿ （女）七つに七つの不思議にとりては、どれどれの。

⒀ （別）あら、雨が降れども、軒端《のきば》の露《つゆ》の落《お》つることもなし。
さくりなけれども、風、内にうち入ることもなし。
風吹けども、燈《ともし》消ゆることもなし。
雪降れども、庭《には》に積もりてあることもなし。
池の蛙《かへる》、蝶々《てふてふ》と遊べども、声《こゑ》立つることもなし。
庭《には》に花（草）生《お》ふることもなし。
鐘の音《おと》の、遠路《とほぢ》に消え果つることもなし。
これ七つの不思議ゆゑ、女《をんな》の身として、それより疾《と》く疾《と》く御戻り候ふべしいの。

⒁ （女）五つ・七つの不思議ゆゑ、女《をんな》の身として、これより疾《と》く疾《と》く帰《かへ》れ、とのたまふかよの。

（別）さん候ふ。

6 鬼神になる仏罰

⒂ （女）参《まゐ》らぬと言ひし御寺《みてら》に参り、押さぬと言ひし鐘の緒《を》を押したるゆゑに、如何《いか》なる風情《ふぜい》になりたる、と承《うけたまは》りて候ふかよの。

⒃ （別）昔、女人《によにん》来たりて、参らぬと言《い》ひし御寺《みてら》へ参り、押さぬと言《い》ひし鐘の緒《を》を押したるゆゑに、近くの浅間《あさま》ケ嶽《だけ》（朝熊《あさま》ケ嶽《だけ》）の鬼神《きじん》が、飛び来《き》たり、鐘の音《おと》も休み切《き》り、鐘の緒《を》にて鐘の中に突き込められ、忽《たちま》ち鬼神《きじん》になりたる由《よし》を、承《うけたまは》りて候ふ。よりて、それより疾《と》く疾《と》く御戻《おんもど》り候ふべしいの。

7　性差別と法楽の歌舞

(17)

（女）昔より昔より、女《をんな》といふものは、如何《いか》なるものが成《な》り初《そ》めて、前《まへ》の雲五障《くもごしやう》、晴れやらぬ。女ほど罪深きものはなし。先の世の如何《いか》なる因果《いんぐわ》の報《むく》いやら、女に生まれ、これまで参りて、かほど尊《たつと》き御寺《みてら》を拝まで戻る悔しさよ。

（別）拝まで戻るの悔しくば、法楽《ほふらく》の舞《まひ》を一差《ひとさ》し舞ひて御戻《おんもど》りあれかしの。

(18)

（女）そや真実《まこと》かやの。

（別）さん候ふ。

(19)

（女）一けんまんとふを、しゅげん、と押し拝み、打ち鳴らす鐘に五衰《ごすい》の夢覚《さ》めて、阿吽《あうん》の二字《にじ》を聞くぞ嬉《うれ》しき（や）。

8　鬼神になる女

(20)

（女）おう、それはともあれかくもあれ、参《まゐ》りて鐘の緒《を》を押《お》さむとす。諸行無常《しよぎやうむじやう》、是生滅法《ぜしやうめつぽふ》、生滅滅已《しやうめつめつい》、寂滅為楽《じやくめつゐらく》の、鐘の音《おと》も、休まば休め、忽《たちま》ち鬼神《きじん》にならばなれ、参りて鐘の緒《を》を押さむとすれば、

（ナ）忽《たちま》ち鬼神現《きじんあら》はれ、鐘の音《おと》も休み切《き》り、鐘の中に閉じ込められて、忽《たちま》ち鬼神になりたりけり。（ウタカケ、反復）

後段…客僧が鬼神になった女を調伏・救済する

9　場の設定

(21)

（ナ）やら、音に聞く鐘巻寺《かねまきてら》とは、来てみれば、来てみれば、厳《いつく》しの、名所なるもの。名所なるもの。熊野参詣の客僧は、熊野参詣の客僧は、泊まりは何処《いづこ》知れぬもの。

10 客僧の霊験の披露

⑵⑵ （客）御前《おんまへ》に罷《まか》り立ちたる客僧とは、いかなる客僧、と思《おぼ》し召《め》す。我《われ》はこれ、大峰《おほみね》に三十三度、葛城《かつらぎ》に三十三度、出羽《では》に三十三度、九十九度を、駆《か》けたる客僧にてござ候ふ。

⑵⑶ （客）石《いし》に箔《はく》を打つ（付かす）とも、枯れ木に花を咲かすとも、自由自在の客僧にてござ候ふ。

⑵⑷ （客）真実《まこと》なるかや。承《うけたまは》れば、布施屋《ふせや》の長者の一人姫《ひとりひめ》は、参らぬと言ひし御寺《みてら》に参り、押さぬと言ひし鐘の緒《を》を押したるゆゑに、浅間ケ嶽《あさまだけ》（朝熊ケ嶽《あさまだけ》）は近ければ、鬼神《きじん》飛び来たり、鐘の音《おと》も休み切《き》り、鐘の中に突き込められ、忽《たちま》ち鬼神《きじん》になりて候ふ。これを祈り出したる者あらば、金銀米銭財宝《きんぎんこめぜにざいほう》、香車車《かうしやぐるま》で引き（い）て取《と》らそ、との高札《かうさつ》（禁札《きんさつ》）にて候ふ。それを、ただ今、祈り致し申し、衆生人《しゆじやうにん》の御目《おんめ》にかけばや、と存じ候ふ。

11 客僧の調伏と救済

⑵⑸ （客）南無《なむ》西方《さいほう》にも、行者《ぎやうじや》行者。
南無北方にも、行者行者。
南無南方にも、行者行者。
南無東方にも、行者行者。
南無中央にも、行者行者。（ウタカケ、反復）

第三章　能舞〈鐘巻〉の鑑賞

畠山　篤

一　謎解きとリアルさ

鐘巻の謎解き　二章で述べたように能舞〈鐘巻〉の原本文がそれなりに確定されてはじめて、確かな鑑賞ができる。

〈鐘巻〉の魅力は、一体どこにあるのだろうか。まず何といってもいわくあり気な〈鐘巻〉という演目名が、興味を引く。

異形の者を調伏・救済する客僧

鐘巻寺＝女人への仏罰寺　鐘巻寺は、女人禁制の結界が厳格に巡らされた強力な神霊スポットである。ここに旅の女がやって来て、参詣を願い出る。そこで、この禁制の厳格さを説く別当とそれに納得しない女が激しく対立するものの、一旦は和解する。しかし敢えて女は禁制を犯し、鐘の緒を押して鐘を撞こうとして、仏法の守護神によって鐘の中に突き込められ、異形の者にされている。

ここに、「鐘巻」の名称のいわく・謎が解かれている。すなわち「鐘巻」とは、禁制を破った女人を鐘の中に巻き込むという「仏罰」の別言である。したがってこの戦慄すべき霊異によって命名された「鐘巻寺」は、「女人への仏罰寺」の謂《いい》になる。

目前での仏罰と解決　しかもそれが単なる昔語りでなく、現に禁制を破った女への懲罰として目前で証されている。またこの霊的な怪奇現象を人々の目前で解決したのが霊験を積んだ客僧（山伏）だというところにも、底知れない霊的な力が溢れている。

このように社会規範からの逸脱、異形の者への変貌、救済へと展開する、この隈取りの明快な作品は、霊的な怪奇現象が現実世界にあり、そしてそれを解決・救済する力が修験にあることを、力強く観客に見せつけている。

二　劇的な葛藤

劇的な葛藤　この「鐘巻」の謎解きと現実性は、登場人物の性格と立場に基づく劇的な葛藤によって裏打ちされている。すなわち鐘巻寺への参詣を叶えようとして訴え続ける女の意志の堅さ、参詣を断り続ける別当の頑なさ、その間の押し問答による漸層的な両者の葛藤、徹底した差別に対する女の激しい落胆と筋の通った慨嘆、女に同情して法楽の歌舞を許してしまう別当の善人ぶり、歌舞を許された女の歓喜と歌舞によって改めて湧き上がった鐘（参詣）への執心、鐘を撞こうとする女に対する仏法の守護神の苛烈な懲罰（前段）、女が鬼神になってしまった霊的事件を解決しようとする客僧（山伏）の絶対的な自信、鬼神（異形の者）になった女との激しい葛藤、そして調伏・救済による問題の解決（後段）など、観客の耳目を惹き付ける展開になっている。

舞台上の静から動へ　登場人物の性格と立場からくる葛藤は、舞台の上では前段、後段ともに静から激しい動へと展開している。女と別当の葛藤は大きなエネルギーを十二分に蓄えつつも、一旦は平穏を保つ。しかし一転して女が鐘に執心してエネルギーが爆発し、それに連鎖して鬼神（異形の者）にされるという大爆発を起こしている（前段）。

そして諸々の霊山での修行によって巨大な験を蓄えた客僧が登場し、鬼神にされた女と力のかぎり闘い、エネルギーを放出して収束に至っている（後段）。

女舞　〈鐘巻〉を「女舞」に分類するのは、以上のような静から動への展開のうち、前段における女の優雅な舞や激しい舞に注目してのことだろう。

音・音楽の構成　このように二度にわたる登場人物の所作もお囃子（音・音楽）も静から動（ウタカケの反復）へと力量感に溢れて展開し、視覚的にも聴覚的にも観客を飽きさせない演出になっている。能舞・山伏神楽・番楽の音・音楽の構成は、物語の展開に添って練り上げられている。

三　仏説の教化と修験道の誇示

聖と俗　〈鐘巻〉の登場者を図式的にみると、「聖」と「俗」に分類できる。「聖」に属する者は鐘巻寺の別当、鬼神（仏法の守護神）、客僧（山伏）であり、「俗」に属する者は旅の女、鬼神（異形の者）、衆生人《しゅじょうにん》（一般の人）である。この「聖」と「俗」の二項対立が、事態を展開させる機軸になっている。

女人禁制　前段の「百日・千日の行」「五つの不思議」「七つの不思議」「鬼神になる仏罰」で、男は参詣できても女は参詣できないことが再三強調され、事実、俗なる女は日本中の寺で唯一参詣していない鐘巻寺への参詣が叶っていない。

仏教はもともと性差別をしているとはいえ、女はこの鐘巻寺を除く日本国中の寺社に参詣しているので、その差別はかなり緩かったようである。女はその緩さのお蔭で参詣を叶え続け、その宗教心はかなりの高みに達しており、鐘巻寺に参詣して満願を成就しようとしていたろう。

しかし鐘巻寺だけは女人禁制を厳格に守り、結界を殊更に峻厳なものにしていた。そしてその女人禁制を特に強調する「七つの不思議」のなかには、悟りの境地を奏でる鐘の音の不思議があることを、女は聞かされている。

こういう微妙な状況にあって、女は悟りに導く鐘を主題にした「法楽の歌舞」を許された。そしてそれが直接の引き金になって、鐘に対して抑えがたい高ぶり・執心をみせて女人禁制に抵触し、鬼神（仏法の守護神）によって鬼神（異形の者）にされる仏罰を下されている。

ここには男女による社会的な差別・ジェンダーが、明らかに認められる。

狂言回しとしての別当　別当は聖の側にいるとはいえ、霊験が少なく、狂言回しの役を担っている。すなわち再三再四、鐘巻寺に厳しい女人禁制があることを告げ、かつてこれを破って仏罰を受けた事件があったので早く戻っていただきたい、と説得する。しかし性差別を慨嘆する女に同情し、法楽の歌舞を許してしまう。その結果かつての事件とまったく同じ事件を誘発してしまい、結局、高札（禁札）によって世間に解決を呼びかけている。

客僧の調伏・救済　聖の側の客僧（山伏）は人間としては最強の宗教者で、法力によってこの霊的事件を解決している。客僧が仏罰を受けた女を調伏しえたのは、彼の積み重ねた修験道の法力・験《げん》による。

結局この事件はたまたま起きた奇っ怪な事件でなく、仏説（女人禁制）を守っていれば起きない祟りである。そしてまた、もしこの祟りが起きても仏説・修験道に通じた客僧（山伏）が渾身の力をふりしぼって調伏・救済してくれるものである。一般的にいって、宗教には慈悲と畏怖の両面が共存している。ここでは仏説の正しさが、祟り・畏怖の面によって示されている。

こうしてみると〈鐘巻〉の主題は、仏説の教化と修験の力の誇示にあるだろう。

憑き物落としの演劇仕立て　かつて山伏（修験者）は、習俗として憑き物落としの祈祷もしていた。民俗社会でしばしば起こる憑き物（病理現象）をいかに解決するかは、家族、親族、地域社会の悩みである。そしてこのようなクライアントがいるから、これに応える祈祷者がいる。また祈祷者が憑き物を明快に解決すれば、クライアントがその祈祷者の下に集まる。

その点でこの〈鐘巻〉は、憑き物落としの祈祷を山伏が実演しているに等しい。〈鐘巻〉においては憑き物の原因を明快に仏罰に求め、山伏が衆生人《しゅじょうにん》（一般の人）の前で祈祷し、見事に調伏・救済して金品などを手中にしている。そしてこの〈鐘巻〉が演じられる場（劇場）をみると、登場人物の客僧役はかつて山伏であり、登場人物の衆生人が観客・村人に相当している。こうしてみると〈鐘巻〉は、山伏による憑き物落としの祈祷の意義を観客・村人に直截すぎるほどに教化・宣伝しているものといえる。すなわち〈鐘巻〉は、憑き物落としの祈祷・儀礼を演劇仕立てにした唱導劇である。

祈祷舞　〈鐘巻〉を「祈祷舞」に分類するのは、このように後段における祈祷に注目してのことである。この分類は、この作品の主題に迫るものである。

四　道成寺系統の〈鐘巻〉との比較

道成寺系統の〈鐘巻〉との比較　道成寺系統の〈鐘巻〉といわれる一群がある。それは例えば能楽の〈道成寺（鐘巻とも）〉、歌舞伎舞踊の〈京鹿子娘《きょうがのこむすめ》道成寺〉、沖縄の組踊りの〈執心鐘入《しゅうしんかねいり》〉などである。山伏神楽の〈鐘巻〉の主題をさらに浮き彫りにするために、これらの道成寺系統の〈鐘巻〉と比較してみる。

そうするとおよそ次の三点が、際立っているようである。それらは一見すると似ているものの、その内実は非なるものである。

(1)女が異形の者になる　道成寺系統では、女が若い僧に愛欲心を抱いて、「自《おのずか》ら異形の者になる」。これに対して山伏神楽系統では、女が道心から女人禁制を破って、「異形の者にされている」。

このように両者は結果的に女が異形の者になるものの、異形の者になる時の自発・能動と受動（受け身）の相違がある。この相違は、両作品の主題・性格を決定づけるものである。

(2)女が鐘の中に入る　道成寺系統では、若い僧への愛欲心から自《おのずか》ら異形の者になった女が鐘に執心して、「自《みずか》ら鐘に巻き付いて鐘の中に入り」、鐘とその中に隠れた若い僧を焼き尽くしている。女は徹底した俗的な存在として愛欲の権化になり、僧（男）をかくまう寺に敢然と挑み、女人禁制の仏教と健闘している。ここでは寺（男）の結界が比較的弱く、俗なる女の方がかなり力を発揮している。

これに対して山伏神楽系統では、女は仏教を理解しており（理解しようとしており）、寺（鐘）＝仏教の哲理に少しでも接近しようとしている。しかし仏教側、寺側は、女人禁制を盾にして女を拒絶している。すなわち純粋に女人禁制だけが、主題になっている。そして道心から鐘に執心した女は仏罰によって「鐘の中に巻き込まれ」、異形の者にされている。ここでは、寺に強力な結界があり、仏法の守護神が圧倒的な力を発揮している。

このように両者は結果的に女が鐘の中に入り、それで「鐘巻」と称するほどに女と鐘の関係が深いものの、自《みずから》の意志と受動（受け身）の相違があり、聖（鐘）と俗（女）の力関係が対照的である。

⑶異形の者になった女が調伏される　⑵の力関係は、その後も継続している。道成寺系統では、結果的に女は僧（男）によってかなり調伏される（押し戻される）けれども、俗と聖の格闘は互角に近い。これに対して山伏神楽系統では、仏教の体制からはみ出した女を強力な法力で調伏し、救済までしている。ここでは聖なる仏教（男）の力と俗（女）の力は、少しも拮抗していない。

もし拮抗した力を発揮する場面があるとすれば、それは客僧が女を調伏、救済する最後の㉕のように見える。しかし既に苛烈な仏罰を蒙って異形の者にされ、人としての意志を失って妖怪化した女には、自分に仏罰を下した修験道によって調伏・救済されることをただ待つ以外にその存在意義がないだろう。

この点、客僧（山伏）には、この妖怪化した女を調伏・救済することに大きな意義がある。この事件を解決することで、狭い意味では客僧（山伏）の験《げん》を世間に認めさせて莫大な物質的な利益を得、広い意味では修験道の威力を世間に知らしめている。

このように両者は異形の者になった女が調伏されているものの、聖（仏教）と俗（女）の力関係が対照的である。

シテとワキ　こうしてみると道成寺系統では、女の愛欲心が躍動的で強力であり、その女の愛欲心を仏説で押し戻すのが精々なので、俗なる女がシテ（主役）、聖なる僧侶がワキ（脇役）になる。

これに対して山伏神楽系統では、客僧（山伏）がシテ、女がワキだろう。すなわち女はとどのつまり女人禁制を証明し、修験道による調伏・救済を待つための道具にすぎない。この点からも山伏神楽系統の主題が仏説の絶対性を教化し、修験道の力を誇示するところにあるといえる。

二つの系統の「鐘巻物」　以上のように山伏神楽系統と道成寺系統の〈鐘巻〉は、似て非なるものである。この二つの系統に共通するのは「道成寺」ではなく「鐘巻」なので、この二つの系統を括るならば「道成寺物」ではなく、「鐘巻物」というべきである。したがってこの山伏神楽系統の〈鐘巻〉に「道成寺」（道城寺・道場寺）を冠するのは、相応しくないのかもしれない。

五　ジェンダーへの異議申し立て

ジェンダーへの異議申し立て　最近、能舞〈鐘巻〉を観劇した観客のなかに、別の見方をしていた女性を見出した。彼女の見方は、およそ次のようなものだった。別当が説く「五つの不思議」「七つの不思議」は女人禁制の事実を繰り返し強調するだけで、なぜ女人禁制なのかという根拠を一切提示していない。これでは、女は参詣を諦めきれないだろう。それどころか、女人禁制を犯す女には仏罰を下す、力づくの排斥・懲罰までである。この問答無用といわぬばかりの原初からの差別を、旅の女が慨嘆するのは尤もなことで、同じ女として身につまされる。そして鐘を打ち鳴らそうとしたばかりに、仏罰を下されてしまった。そして強い法力を持つ山伏（男）に荒々しく扱われながら、祈祷によって調伏され、救済までされたと称されることは、哀れである。さらにはこの旅の女への差別は女性一般に敷衍《ふえん》され、「忘れても女に心を許すまい。鐘巻寺を見るにつけても」〈鵜鳥の金巻〉のような教訓歌まで生んでいるのは、無念の至りである。こういう思いで彼女は激しく涙していた。

その涙は男性中心の社会から疎外された旅の女に対する同情であり、男性中心の社会に対する異議申し立てだった。彼女はジェンダーに目覚めた旅の女・先覚者に限りない声援を送り、参詣しただけで仏罰を蒙ったり男に祈り伏せられたりするところに深い悲しみと怒りを覚えていた。それは当然、自立している（自立しようとしている）自分をこの女に二重写ししてのことである。

そういう視点でこの作品を見直してみると、前述したように確かにジェンダーがある。そして、旅の女の言動には、このような仏教のジェンダーに対する激しい女の告発、異議申し立てがあるようにも見える。この点、道成寺系統では女の力が男社会の力と互角なので、ジェンダーとの縁が薄い、といえるだろう。

逆転するシテとワキ　こうしてみると旅の女がシテであり、功利的で功名心の強い高圧的な客僧（山伏）がワキで、男社会の代表として憎まれる役回りになるだろう。とすると前述の解釈が、逆転することになる。

名作の多様性　今後、〈鐘巻〉の主題はこのジェンダーでとらえ直されていくかもしれない。そしてこの主題でも〈鐘巻〉が人気を博し、さらに生き延びていくだろう。なぜなら当初の作品の創作意図、演出意図が一つであっても、解釈、鑑賞にはさまざまあり、名作ほどその世界が単一でないからである。

テキスト

居駒ゼミナール　二〇〇八　『山形県最上郡金山〈稲沢・柳原〉の民俗』　明治大学居駒ゼミナール
門屋光昭　二〇〇一　「神楽詞章本」『青森県史―民俗編　資料　南部―』（青森県史編さん民俗部会編）　青森県史友の会
　二〇〇七　「神楽詞章本」『青森県史―民俗編　資料　下北―』（青森県史編さん民俗部会編）　青森県史友の会
佐々木直人　二〇〇一　『大償山伏神楽』　自家出版

佐藤二朗　一九七四『根子番楽』自家出版
谷川健一　一九七二『日本庶民生活史料集成　第十七巻　民間藝能』三一書房
東京国立文化財研究所芸能部　一九六七『芸能の科学2―芸能資料集2―鮫の神楽台本集成』
十和田市教育委員会　二〇〇九『南部切田神楽調査報告書』十和田市
東通村教育委員会編　一九八四『東通村の能舞』東通村教育委員会
本田安次　一九三四『陸前濱乃法印神樂』伊藤書林
　一九七一『山伏神樂・番樂』井場書店
三隅治雄　一九七四「下北能舞資料」『日本庶民文化史料集成　第一巻　神楽・舞楽』（藝能史研究會編）三一書房
宮古市教育委員会　一九九九『陸中沿岸地方の廻り神楽報告書』宮古市
森口多里　一九七一『岩手県民俗芸能誌』錦正社

引用文献・参照文献

青森県教育庁文化財保護課　二〇〇二『平成14年青森県の文化財保護行政』青森県
青森県史編さん民俗部会　二〇〇一『青森県史―民俗編　資料　南部―』青森県史友の会
　二〇〇七『青森県史―民俗編　資料　下北―』青森県史友の会
アンヌ・マリ　ブッシイ　一九八六「愛宕山の山岳信仰」『近畿霊山と修験道』名著出版
犬飼公之　二〇〇四「執心鐘入」『琉球組踊　玉城朝薫の世界』瑞木書房
井浦芳信　一九六三『日本演劇史』至文堂
演劇博物館　一九六〇『演劇百科大事典』平凡社
遠藤秀男　一九八八「富士信仰の成立と村山修験」『富士・御嶽と中部霊山』名著出版
門屋光昭　一九九七「東通村の民俗芸能」『東通村史―民俗・民俗芸能編―』（東通村史編集委員会編）東通村
歌舞伎座　一九七八『陽春四月歌舞伎』歌舞伎座

郡司正勝　一九八八　「娘道成寺（京鹿子娘道成寺）」『舞踊集』　白水社
小林計一郎　一九八八　「飯縄修験の変遷」『富士・御嶽と中部霊山』　名著出版
五来　重　一九八二　『宗教歳時記』　角川書店
笹森建英　一九九八　「能舞〈鐘巻〉」『平成10年度国際フェスティバル　第40回北海道・東北ブロック民俗芸能大会記録』　山形県教育庁文化財課編　山形県教育委員会
笹森建英・畠山篤　二〇〇〇　「演劇とジャマニズ―青森県下北郡東通村伝承の『鐘巻』とイタコ・ゴミソ・ヨリ―」『弘前学院大学地域総合文化研究所紀要　第12号』
二〇〇九　「能舞における音・音楽」『弘学大語文　第35号』　弘前学院大学国語国文学会
笹森建英・畠山篤　二〇〇七　「岩木山信仰と神楽」『地域学　五号』　弘前学院大学
笹森建英・畠山篤・今井民子　二〇〇八　「狂楽舞・解説『舞方物認』」『地域学　六号』　弘前学院大学
下中邦彦　一九七二　『世界大百科事典　32』　平凡社
菅江真澄　一九七五　「粉本稿」『菅江真澄全集　第九巻』　未来社
諏訪春雄・菅井幸雄　一九九八　『講座日本の演劇　2』　勉誠社
鳥海町教育委員会　二〇〇〇　『本海番楽―鳥海山麓に伝わる修験の舞―』　鳥海町教育委員会
中村元・福田光司・田村芳朗・今野達　一九九二　『岩波仏教辞典』　岩波書店
西角井正慶　一九三四　『神楽研究』　壬生書院
日本国語大辞典刊行会編　一九八〇　『日本国語大辞典　第三巻』　小学館
萩原秀三郎　一九七六　「鹿橋の能舞」『日本民俗芸能事典』　第一法規
萩原　進　一九八八　「浅間山三山の信仰と修験道」『富士・御嶽と中部霊山』　名著出版
畠山　篤　二〇〇四　「東通村の能舞〈鐘巻〉の構成と解釈」『地域学　二巻』　弘前学院大学
二〇〇七　「能舞〈鐘巻〉の復原と文学的評価」『地域学　五巻』　弘前学院大学
二〇〇八　「津軽神楽〈蕨折〉の復原と文学的評価」『地域学　六号』　弘前学院大学

馬場あき子　一九九二『鬼の研究』筑摩書房
林屋辰三郎　一九五四『歌舞伎以前』岩波書店
東通村教育委員会編　一九九〇『不動院』東通村教育委員会
東通村史編纂委員会編　一九九七『東通村史―民俗・民俗芸能編―』東通村
室木弥太郎　一九八〇『説経集』新潮社
山路興造　一九七四「ひやま番楽本」『日本庶民文化史料集成 第一巻 神楽・舞楽』（藝能史研究會編）三一書房
　一九八七「山伏神楽・番楽の源流」『民俗芸能研究　第6号』民俗芸能学会
横道萬里雄・表章　一九六九「道成寺」『謡曲集 下』岩波書店
和歌森太郎　一九七一『山伏』中央公論社
渡辺伸夫　一九七二「山伏神楽」『日本民俗事典』（大塚民俗学会編）弘文堂

第四章　能舞〈鐘巻〉に見られる女性観
―黒川能〈鐘巻〉との比較から―

吉岡倫子

一　はじめに

山伏神楽は、北東北三県（青森県、岩手県、秋田県）を中心に分布している。その名称は、青森県下北地方では「能舞」（獅子舞、神楽とも）、岩手県地方では「山伏神楽」（獅子舞とも）、秋田県地方では「番楽」（獅子舞とも）、山形県地方では「ひやま」（ひやま番楽とも）などと、各地方で呼び方が異なっている。

本章は、青森県下北半島に伝わる能舞のうち、女舞の一類である〈鐘巻〉を本書の二章「能舞〈鐘巻〉の復原」をテキストにして、能舞〈鐘巻〉に見られる女性観が、どのようなものなのかを考察する。

その方法として、多くの人々に親しまれている能の道成寺物と能舞〈鐘巻〉を比較する。ただし能の道成寺物は多種にわたっているので、黒川能の〈鐘巻〉と比較する。黒川能は山形県庄内地方に伝わる伝統芸能で、中央五流にない古い芸態と番組を残し、しかも農民によって演じ続けられる貴重な神事能である。その黒川能〈鐘巻〉のテキストは、『道成寺　資料編』［徳江元正、一九八二］による。

山伏神楽の〈鐘巻〉は、地域によって伝わる詞章に多少の異伝があるけれども、能の道成寺物との構成上に類似点を見出せる。その構成上の要素として以下の五点、すなわち⑴旅の女、⑵女人禁制、⑶破戒、⑷変身、⑸折伏《しゃくぶく》が挙げられる。

これら五点の要素を比較すると、能舞〈鐘巻〉の結末には性差がある。見るところ、登場する女主人公はあまりにも男性より低い立場にあり、その作品そのものが男性の立場から物語を展開させている。決定的なことは、女人禁制を絶対的な理由として女主人公の参詣を認めず、山伏による女人折伏《しゃくぶく》というヒーロー譚で結末を迎えている点である。

女性史を見ると、中世・近世の女性たちはそれなりに職業を持ち、経済的にも自立していた。『新版日本女性史』［井上清、一九六七］によると、女子も領地を持ち、あるいは持たないまでもその経営の責任者になることもあり、かなり経済的に独立していた。またこれを基礎として、平安後期から鎌倉初期にかけては、名主、武士階層の女性の中から、自主性の強い女性が現われている。また『網野善彦著作集　第11巻』［網野善彦、二〇〇八］によると、炭を売る大原女や物売女、近江の粟津橋本供御人で京の六角町で魚を売る女商人など、神・天皇に直属する女の供御人・神人など、多くの女性が広く社会で職業を持ち、経済的にも自立している。

しかし、このように女性が自立しているにもかかわらず、能舞〈鐘巻〉やそれに関連する道成寺物を見ると、女主人公の立場が弱いと痛感する。もちろんそれらの女性の立場には濃淡があるけれども、その中でも特に能舞〈鐘巻〉に登場する女主人公の立場は弱い。これらの作品からは、男性が仏教を独占し、女性が仏教から疎外されている、と読み取れるようである。

二　旅の女

１　場の設定

能舞〈鐘巻〉は、養良（由良）の開山した「鐘巻寺」を場にしている。これに対して黒川能〈鐘巻〉は、紀州道成寺を場にしている。

２　布施屋の一人姫

能舞〈鐘巻〉の旅の女は、「布施屋の一人姫」である。

布施屋の始まりは、八世紀初頭の行基にある。この時代は納税の他、雑徭として庶民を全国から集め、さらには防人などの義務もあり、多くの行き倒れを出した。そこで行基は、困窮する民衆のために道路・橋等の土木整備を行った。またそれらの人々や行基集団と呼ばれた技術者たち、そして貧困に苦しむ民衆のために無料宿泊所の「布施屋」を建立し、幅広く仏法を説いたという。

やがて僧尼令の発令により、布施屋は僧寺・尼寺としてその役割を分割させられる。

しかしその分割後、僧寺・尼寺とではその変容が違っている。完成した橋は流通で人の行き来も多くなり、小都市ができ上がって行った。それで、尼寺の布施屋の方が大きく変容していく。例えば淀川筋の神崎には河狐姫、蟹島には宮城、江口には観音という芸名をもった遊女が、尼の後身である「長者」として一群の遊女を率いている。これらと遊ぶ者は、最高級の貴族たちから地方の地主・商人にまで至っている。また天皇すらも御所に遊女を呼んでいることから、これらの遊女の先達である布施屋の尼は、学問・教養を身に付け、技芸にも秀でていたと考えられる。

こうしてみると布施屋は救済を目的とした宗教施設にはじまりながらも、一群の遊女を抱え、食事、酒、宿、芸能そして性をも提供する、という変化を見せた。そしてそれらをビジネスとして展開させ、収入を得ながら社会的地位を確立していった。能舞〈鐘巻〉に出てくる布施屋の一人姫は、このような出自を持っているようである。

また旅の女、布施屋の一人姫が全国の名所・旧跡を参詣して歩く長旅を可能にした背景には、遊女が天皇・貴族・寺社等に奉仕する特殊な技能を持つ類に属していたことが関係する。その特殊技能を持つ遊女は朝廷により庇護され、課役・交通税等が免除されるという特権を与えられていた。このことにより海路・陸路の自由な往来が可能になり、寺社への参詣や歌枕などを訪ねる長旅ができた。布施屋の一人姫は、このような身分の一員だと考えられる。

3　白拍子

黒川能〈鐘巻〉の旅の女は、白拍子である。

布施屋の遊女が、天皇や朝廷と強く結びついていたように、白拍子も特権を保証される存在として、一般女性とは異なる社会的地位を持っていた。それは後白河法皇が江口の遊女との間に承仁法親王を儲けていることからも、白拍子や遊女が天皇の子を産める地位にあったことを示している。

また白拍子が天皇や貴族らと詠み交わした和歌は、非常にレベルが高く、教養に溢れたスマートな女性を感じさせる。

鐘巻寺の鐘供養に現れた黒川能〈鐘巻〉の白拍子を見てみると、やはりその教養は深い。

三　女人禁制

１　五つの不思議

女人禁制の場面では、別当が「五つの不思議」と「七つの不思議」の条で「女の身」を差別し、頑《かたく》なに布施屋の一人姫の参詣を断っている。

現在のところ「五つの不思議」の原拠と思われる史料が見出せない。精々『無量寿経《むりょうじゅきょう》　下巻』にある「四生《ししょう》」が関わる程度である。それはこの世の生物を化生《けしょう》・湿生《しっしょう》・卵生《らんしょう》・胎生《たいしょう》に分類するものである。そしてこの四生が、次のように「五つの不思議」のモチーフになっている。

化生…木だに、雄木《をぎ》立てども、雌木《めぎ》立たず。
湿生…虫だに、雄虫《をむし》通へども、雌虫《めむし》通はず。
卵生…鳥だに、雄鳥《をんどり》通へども、雌鳥《めんどり》通はず。
胎生…鹿だに、雄鹿《をじか》通へども、雌鹿《めじか》通はず。
　男《をとこ》参《まゐ》れども、女《をんな》参らぬ、山にて候。

能舞〈鐘巻〉の五つの不思議は、四生の考え方で全ての生き物に性差があると強調している。しかし仏説の四生は性別を全く問題にしていないので、能舞〈鐘巻〉は四生の分類の仕方を男女の性差に譬えるために借用したに過ぎないだろう。

2　七つの不思議

『能舞〈鐘巻〉の復原』によると、「七つの不思議」は男女の比喩で、逆接の並列の型を一貫して取っている。

一つ目の不思議…雨が降れども、軒端《のきば》の露《つゆ》の落つることもなし。これは「雨」は女人、「露」は寺・僧侶、「落ちる」は堕落することの比喩である。すなわち女人が濡れかかっても（来訪しても）、寺・僧侶は女人を無視・拒否して痕跡も残さない、という義である。

二つ目の不思議…さくりなけれども、風、内にうち入るることもなし。これは「さくり」は悟りの障害物を防御するもの、「風」は女人の比喩である。すなわち女人が来ても、寺は女人を無視・拒否して内に入れない、という義である。

三つ目の不思議…風吹けども、燈《ともし》消ゆることもなし。この「燈《ともし》」は、寺・僧侶の比喩である。すなわち女人が来ても、寺・僧たちの仏教信仰は断じて消えないという義である。

四つ目の不思議…雪降れども、庭《には》に積もりてあることもなし。この「雪」は女人、「庭」は鐘巻寺の比喩である。女人は鐘巻寺に参詣したことがないという義である。

五つ目の不思議…池の蛙《かへる》、蝶々《てふてふ》と遊べども、声立つこともなし。「池」は鐘巻寺、「蛙」は僧侶、「蝶々」は女人の比喩である。寺に女人の居所がなく、女人と交流しても、僧侶は女人を無視・拒否して感情に起伏がない（相手にしない、揺るがない、堕落しない）という義である。

六つ目の不思議…庭に花（草）生《お》ふることもなし。「庭」は鐘巻寺、「花（草）」は女性の比喩である。すなわち寺に女性の居場所がない、と言い切っている。

七つ目の不思議…鐘の音《おと》の、遠路《とほぢ》に消え果つることもなし。これは鐘の音が遠路に消え果ないことは、仏説の聖性を示している。鐘巻寺の聖なる鐘は僧侶（男）だけを受け入れ、彼らが鳴らすときだけその音は澄み切って、悟りの境地を奏で、一方で女人を徹底して否定・忌避している。

3　鐘と女

七つ目の不思議は、参詣した女人が鐘の緒によって鐘の中に突き込められ、「女の身」が決定的に否定されている点で、特に重要である。

『道成寺』［徳江元正、一九八二］によると、女と鐘の関係を示す例が次のようにある。興福寺多聞院英俊の『多聞院日記』天正二十年（一五九二）八月三日の条に、十二人の女が寺に参詣して鐘を撞くと、鐘全体が汗をかき、鐘が鳴らなくなった。それはその女人たちが怪物だからだという。この例から女人を物《もの》の怪《け》扱いし、鐘がそれをひどく忌避したと分かる。

さらに近世初頭の写本『四大寺伝記』（宮内庁書陵部蔵）巻四・園城寺の条には、三井寺の梵鐘にまつわる二つの記載がある。そのうちの「盂蘭盆一日女人三井寺参詣事」では、七月十四日（お盆の中日）、清和天皇の母后が園城寺に行啓し、鐘を撞いたとあり、この日だけは女人の参詣が許された、と述べている。

また園城寺のホームページ［三井寺］（http://siga-miidera.or.jp, 二〇一一年九月二十一日）によると、狂女が鐘の中の鏡に執着を持ち、鐘を撫で回して鏡を入手した。その奇跡によって、お盆の十五日（送り盆）に女人の参詣が許されるようになったという。

その他、『近江国與地志略《よちしりやく》』十一の園城寺の条の「寺門伝記補録」にも、三井寺の鐘の中の鏡に執着した女人の説話と同類の説話がある。さらには同じ条の大津商人、原田蔵六の「淡海録《おうみろく》」には、赤染衛門《あかぞめえもん》が若衆に化して、三井寺の鐘を撫でたところ手が離れなくなり、強く引き離したら、手の形に鐘の一部が取れた、との説話がある。

これらの園城寺（三井寺）の例から、鐘には女が深く関係しており、七つ目の不思議の実像がかなり浮き彫りになるだろう。本来鐘は寺の象徴的存在であり、男女を問わず迷える衆生を救済する理念を持っているだろう。それは布施屋の一人姫が法楽の舞をするときの歌、「打ち鳴らす鐘に五衰《ごすい》の夢覚めて、阿吽の二字を聞くぞ嬉しき（や）」からも分かる。この「五衰」は天人の死の直前に現れる五つの兆しのことで、天人も最後はこの五衰の苦悩を免れないため、鐘を打ち鳴らして、五衰から目覚めさせ、すみやかに六道輪廻《ろくどうりんね》から解脱すべきだとするものである。だからこそ母后、狂女、赤染衛門、布施屋の一人姫はその理念を信じ、鐘を撞こうとしたのだろう。

三井寺では女人禁制を取っていたけれども、お盆の二日間だけ女人参詣が許され、女人が鐘を撞けた。その三井寺の鐘は女人に反応して、汗をかいたり、鳴らなかったり、鏡を出現させたり、という現象を起こしてはいるものの、魔性のものを忌避したり、不吉なものの前兆を示したりするだけだった。また他の鐘も女人を嫌っているけれども、女人に懲罰を加えることはせず、その性格は受動的で静的である。

しかしこれに対して、能舞〈鐘巻〉の鐘は、男が撞くと遠くまで澄み切った音を出すのに、布施屋の一人姫が撞くと布施屋の一人姫を拒絶し、鐘の緒で鐘の中に彼女を突き込め、鬼神にしてしまうという攻撃的で動的な性格を見せている。

四　破戒

1　破戒の誘因

五つ・七つの不思議を列挙され、女性が寺に参詣できないと聞かされた一人姫は、次のように慨嘆する。

　昔より昔より、女といふものは、如何なるものが成り初めて、前の雲五障、晴れやらぬ。女ほど罪深きものはなし。

布施屋の一人姫は、別当の説示から女人の前に立ちはだかる「雲五障」が参詣を許さないのだと嘆いている。その五障とは、『法華経』の提婆達多品《だいばだったぼん》にあり、女人が持っている障害のため、梵天《ぼんてん》、帝釈《たいしゃく》、魔王、転《てん》輪聖王《りんじょうおう》、仏の五つになれないとするものである。

　しかし日本初の仏教通史、『元亨釈書《げんこうしゃくしょ》』に、平安初期、海部直《あまべのあたい》の第三十一代雄豊《おとよ》の娘厳子《いつこ》姫が女人禁制を越えて神女として扱われた話があり、また女人禁制の寺だった当麻寺で、貴族の姫が一途に読経を続け、その功徳によって入寺を許されたという話もある。その他、女人禁制の道場だった徳島県の恩山寺では、空海（弘法大師）が玉依御前《たまよりごぜん》のために女人解禁の修法を行って迎え入れている。さらに真言宗の室生寺は、女人禁制を設けず女性に門戸を開いたことから、「女人高野」と呼ばれている。

　これらのことから当時「雲五障」は、女人が寺へ参詣する際の条件とはしているけれども、すべての寺において参詣を拒絶する絶対的な理由にはなっていなかった。

　布施屋の一人姫が、鐘巻寺を訪れた際、別当に告げた「日本な、堂々寺々、名所旧跡とて、あらあら見巡り候」からも、布施屋の一人姫が巡って来た他の寺では女人を受容していたろう。すなわち、この鐘巻寺だけが唯一参詣を許していなかった。

こうしてみると別当が示す鐘巻寺の女人禁制の理由は、宿命的であり、極めて教条的で冷酷である。

布施屋の一人姫を破戒に至らせたのは、その信仰心や存在価値を否定した鐘巻寺への参詣拒否だった。それで彼女は女として生まれたことを後悔している。そしてその理不尽な抑圧に対する反動が、女人禁制を破戒させる最大の誘因になったろう。

2 性別越境

布施屋の一人姫の破戒に対し、黒川能〈鐘巻〉の白拍子は、鐘供養のため寺入りが許される。その後、烏帽子を冠って「面白い舞」を舞い始める。

白拍子の舞の衣装について『徒然草』［第二二五段］に「白い水干に、鞘巻を差させ、烏帽子を引き入れたりければ、男舞とぞ言ひける」とあるように、白拍子は烏帽子、水干・袴を神事の正装にしていた。

このことは『平家物語』の［祇王］にも、白拍子は水干に立烏帽子で男装し、男舞で神仏の本縁を謡っているとある。これらのことから、白拍子の男装は異性に「変身」する作用があると信じられていたのだろう。

これに対して『後宇多院御幸記』によると、女人たちが男装して女人禁制を越境しようとしたところ雷鳴が轟いたので、行人衆が杖をもって女性たちを追い払っている。同様に世阿弥の謡曲〈多度津《たどつ》の左衛門〉でも、烏帽子と長絹を着て男装した娘と乳母が、女人禁制の高野山を押して通ろうとして僧に止められている。

また前述した『淡海録』の若衆に男装した赤染衛門が、三井寺の鐘に女人と見破られたのも、同様のケースだろう。

こうしてみると、前者の白拍子の男装だけが正当化され許可されているのに対し、後者の三例は女人と見抜かれて咎められている話である。一般の女人が単に男装しただけでは、女人禁制を越えられなかったのだろう。

つまり、白拍子が鐘供養のため寺入りが許された理由は、白拍子が神事など公の場に奉仕する特権的な役割を持ち、さらには男装することで性別を越えられる特異性を兼備していたことから、女人禁制の破戒・禁忌に触れない、との解釈があったのかもしれない。

事実、黒川能〈鐘巻〉の白拍子が男子の象徴である烏帽子を着けて踊っている間は、やはり何事も起らなかった。黒川能〈鐘巻〉の決定的な女人禁制の破戒の場面は、白拍子が舞の最中に烏帽子を払い落とす所作にあるだろう。

五　変　身

１　鬼神・蛇への変身

布施屋の一人姫は、女人禁制を破ったので仏罰が下され、異形の者にされている。その表情には、女の身であるがゆえに鬼神にされた無念さと悲哀が漂っている。

人が生きながら鬼に変身した説話は、『今昔物語』、『因縁集』、『発心集　異本』などにも見られる。その中で女人が鬼に変身した話でとくに有名なのは、謡曲の「鉄輪《かなわ》」である。

この鉄輪の女人は、男性への恋情が関係し、その嫉妬が女人を鬼に変身させている。これは黒川能〈鐘巻〉の白拍子の前生部分に共通する。一方、布施屋の一人姫には色好みの苦悩はまったくなく、ただ信仰を極めようとして無理をした結果、鬼に変身させられている。

2 鬼神・蛇の演出

『東北の風土と歴史』〔高橋富雄、一九七六〕によると、以前東北の農民は国司・郡司・郷司などの官人たちを「とりっコ」と称していた。「とりっコ」とは「取りっコ」で、税を搾取する役人の義である。そしてその「とりっコ」に対して、彼らは本能的な「尊敬と警戒」ないし「卑屈と服従」という複雑な感情を抱いていたという。

行基の時代のみならず、いつの時代も一般庶民は過労と納税で過酷な生活水準にあった。とするとその中にあって、課役・交通税が免除され、また寺社への参詣と歌枕などを訪ねる長旅も許されていた遊女と白拍子の特権的な立場は、「取りっコ」と同様に見なされ、農民たちは反感を抱いたかもしれない。遊女や白拍子が鬼神に変身させられることは、一般庶民からみると悪業の報いを受けるに値する、自業自得の天罰とさえ思えたのかもしれない。仏教秩序をはみ出し、破戒した遊女・白拍子には、同情の念は抱かなかったろう。

ここには農民や民衆が持つ、人間の業の深さを思わせる恨み、妬みが伺われる。こうして見ると全ての人間の中にある嫉妬を伴う残虐な感情が、〈鐘巻〉・〈道成寺〉の人気の秘密なのかもしれない。

六 折伏

1 熊野参詣の客僧による折伏

布施屋の一人姫の折伏にあたったのは、熊野参詣の客僧である。この人物は主要な霊山を拠点に、呪術的宗教活動で民衆を教化していた修験道の山伏だと考えられる。その登場によって、主役が布施屋の一人姫から客僧へと入れ代わっている。

『山の宗教―修験道案内』［五来重、二〇〇八］によると、山伏は、自分の罪を滅ぼすと同時に、自分の信者たち、あるいは自分が属している共同体社会の人々の罪を全部背負って苦行し、ある場合には、命を捨てて罪を滅ぼすのだという。

しかし鐘巻寺に現れた山伏は、「金銀米銭財宝、香車車で引き（い）て取らそ、との高札」と言っていることから、報酬を妄りに貧ぼることを折伏の目的としている。

また、黒川能〈鐘巻〉の白拍子が、鐘に向って炎を吹きかけるなどの恐ろしい行動を取ったのに対し、布施屋の一人姫は、女人禁制の破戒後の鐘の音を止めたということ以外、なにもない。また布施屋の一人姫には、殺意もなければ、殺傷的行動などの攻撃的なエネルギーも感じられない。しかし客僧はその折伏場面を人々の「御目《おんめ》にかけばや」と凄まじい意気込みで強調し、験力を誇示する姿を強烈に印象付けている。

2　客僧と僧侶の性格

能舞〈鐘巻〉の山伏は、その動機や発言から功徳を積み真摯的かつ情熱的な高貴な仏教僧であるとは言い難い。むしろそこからは傲慢で虚栄心が強くて厭らしい人物像が浮かび上がり、とても尊敬できそうにもない。

一方黒川能〈鐘巻〉は、前生譚から鐘の中にいるのは蛇だった。その女人を救おうとして、寺の僧侶たちは真言を懸命に唱え、鐘供養にも余念がない。それが寺の僧侶たちの本来の姿だろう。

七　結び

本章では能舞〈鐘巻〉と黒川能〈鐘巻〉の五つの要素を取り上げ、両者にみられる女性観について考察した。その結果、能舞〈鐘巻〉の布施屋の一人姫と黒川能〈鐘巻〉の白拍子は、天皇・貴族・寺社等に奉仕する特殊な技能を持つ地位を同様に持ち合わせているのに、両作品では女人の処遇に違いがある。

その違いとは、女人禁制の緩さ・厳しさ、鐘の静的・動的なあり方、折伏者としての柔軟的な僧侶・峻厳的な山伏にある。

それらの違いから能舞〈鐘巻〉が、熱心に仏教に帰依する布施屋の一人姫の信仰心はもとより女性の存在そのものまで否定している点が浮き彫りになった。

布施屋の一人姫にいかなる事情と背景があろうとも許容・裁量の余地がなく、女人であるため鐘巻寺への参詣は叶えられない。それを破戒した布施屋の一人姫を鬼にして、折伏してしまう演出は、女人の存在をも、その人間的な回復をも拒絶しているようである。

つまり能舞〈鐘巻〉は仏教徒である貴さ、女人禁制の重要性等を語っているように見えて、実は仏説の仏の魂・「仏性」が抜け落ち、その根底に強烈な女性忌避を含んでいる。そして最後には、単なる山伏の英雄譚に仕立て上げている。それは山伏・別当などの男性が、女人の存在を男性より低く評価していることを示すだろう。

しかしその難局に対面してもなお参詣に懸ける布施屋の一人姫の不動の信念は、強さに満ちている。その積極的で強靭な内面を持つ布施屋の一人姫の姿は、山伏の傲慢な験力に無残にも折伏させられた哀れさ・無念さを超えており、非常に魅力的である。

引用文献・参照文献

蘆田伊人　一九二九『大日本地誌大系　近江国輿地志略　上・下』雄山閣
網野善彦　二〇〇八『網野善彦著作集　第11巻』岩波書店
　一九八〇『日本中世の民衆像』岩波新書
市古貞次　一九八五『平家物語　第三巻』小学館
井上　薫　一九八七『行基』吉川弘文館
井上　清　一九六七『新版日本女性史』三一書房
大和岩雄　一九九三『遊女と天皇』白水社
梶原正昭・山下宏明　一九九一『平家物語　上』岩波書店
勝浦令子　一九九九『古代の尼と尼寺』法蔵館
門屋光昭　二〇〇七「民俗芸能」『青森県史―民俗編　資料　下北―』（青森県史編さん民俗部会編）青森県
木下良・森浩一・門脇禎二・和田萃　一九九九『旅の古代史―道・橋・関をめぐって―』大巧社
黒板勝美　一九三四『新訂増補　国史大系第三十一巻　日本高僧伝要文抄　元亨釈書』国史大系刊行会
五来　重　二〇〇八『山の宗教―修験道案内』角川学芸出版
滋賀県地方史研究家連絡会　一九八〇『近江史料シリーズ〈淡海録〉』滋賀県地方史研究家連絡会
鈴木正崇　二〇〇二『女人禁制』吉川弘文館
徳江元正　一九八二『道成寺』小学館
高橋富雄　一九九一『東北の風土と歴史』山川出版社

西尾光一　一九七七『撰集抄　松平文庫本』［巻四、江口遊女事］　古典文庫
服部幸雄　一九八二『道成寺　歴史』　小学館
馬場あき子　一九七一『鬼の研究』　ちくま文庫
東通村教育委員会編　一九八四『東通村の能舞』　東通村教育委員会
平野健次　一九八二『道成寺』　小学館
仏書刊行会　一九九一　『大日本仏教全書127　園城寺伝記　寺門伝記補録』　名著普及会
松本　雍　一九八二『道成寺』資料編　小学館
馬淵和夫・国東文麿・稲垣泰一　二〇〇二『今昔物語集4巻　第二十七・第三十一』　小学館
宮家　準　二〇一一『修験道と日本宗教』　春秋社
安良岡康作　一九六九『徒然草　全注釈下巻』　角川書店
簗瀬一雄　一九七二『発心集　異本』　古典文庫
　一九七五『因縁集』　古典文庫
山折哲雄　一九九三『仏教民俗学』　講談社
山田孝雄・山田忠雄・山田英雄・山田俊雄　一九五九『今昔物語一』　岩波書店
吉田一彦・勝浦令子・西口順子・光華女子大学光華女子短期大学真宗文化研究所　一九九九『日本史の中の女性と仏教』
法藏館
脇田晴子　二〇〇一『女性芸能の源流─傀儡子・曲舞・白拍子─』　角川選書
脇田晴子・林玲子・永原和子　一九八七『日本女性史』　吉川弘文館
和田　萃　一九九九『旅の古代史─道・橋・関をめぐって─　第6回春日井シンポジウム』　大巧社

あとがき

能楽の〈鐘巻〉〈鐘巻道成寺〉〈道成寺〉や黒川能の〈鐘巻〉、歌舞伎の〈京鹿子娘道成寺〉とその一類、組踊りの〈執心鐘入〉など、道成寺物を何度も観てきた。その洗練された古典的な世界は、整備されたテキスト、的確な読み取り（解釈）、そしてさまざまな演出と優れた役者に支えられ、一大山脈を形成している。やがて青森県に赴任し、下北半島の能舞の〈鐘巻〉と早池峰神楽の〈鐘巻〉を観ることになった。その練り上げられた演技と音楽に、多いに感動した。そして、若い女性が優雅な女舞いをしているうちに鬼神に変身したので、これが鐘入りであり、鬼神になった女性を客僧が調伏しているので、これが押し戻しだろうと思った。

しかし、この能舞・山伏神楽の〈鐘巻〉を何度か観ているうちに、詞章が判然としないことに気づきはじめた。当然のことながらテキストが確定しないかぎり、その演目の世界は漠然とならざるをえない。そこで学生時代に買い求めた『山伏神樂・番樂』［本田安次・一九七一・井場書店］を、今更ながら真面目に読んでみた。けれどもテキストそのものが多種多様で却って混迷を深め、その全体像は一層曖昧になった。

それならば、出し物の中核にあるテキスト・詞章に焦点を当て、できることならばその原本文を確定したい、と考えた。その方法としては、能舞を中心にして山伏神楽・番楽と比較・検討した。その結果、〈鐘巻〉の場合はかなりの成果を上げ、それなりに原本文が浮かび上がってきた。

このように山伏神楽のテキスト・詞章の研究は、本書で緒についたばかりである。

共著者の吉岡倫子さんは、上北地方出身で、英語を得意とし、地元にある外資系の会社に勤務している。もとより欧米文化にも造詣が深い。しかし欧米文化に傾斜した者がしばしば辿る道は、足元の日本文化・地域文化への回帰である。彼女もその一人で、能面を彫ったりして日本文化に接していたものの、飽き足らなく思い、弘前学院大学の大学院文学研究科に入学した。そこでのテーマは地元の能舞〈鐘巻〉の研究であり、その修士論文の精髄が本書に収められた。能舞の伝承地からこのような優れた研究者が生まれたことは、誠に喜ばしいかぎりである。

本書を出版するに際し、弘前学院出版会から助成をいただいた。このような配慮をしてくださった出版会に、感謝申し上げる。また出版を快く引き受けてくださり、さまざまな助言をくださった北方新社の二部洋子さんにも、感謝申し上げる。

（畠山　篤）

二〇一五年三月

畠山　篤（はたけやま・あつし）

1946年3月、秋田県生まれ。國學院大學大学院文学研究科博士課程満期修了。現在、弘前学院大学大学院文学研究科教授。博士（民俗学）（國學院大學）。
著書に、『沖縄の祭祀伝承の研究─儀礼・神歌・語り─』［2006・瑞木書房・日本学術振興会平成17年度科学研究費補助金（研究成果公開促進費）交付］、『万葉の紫の発想─恋衣の系譜─』［2010・アーツアンドクラフツ］、『河内王朝の山海の政─枯野琴と国栖奏─』［2014・白土社］など。

吉岡倫子（よしおか・ともこ）

1977年6月、青森県生まれ。青森明の星短期大学英語学科卒業後、青森県六ヶ所村にある外資系企業に入社。仕事の傍ら、弘前学院大学大学院文学研究科に入学、修士課程を終了。現在も仕事を継続しながら、能舞・神楽等の研究にも取り組んでいる。米国人の夫と高校生の娘と暮らす。

能舞〈鐘巻〉の復原

二〇一五年三月十日発行

編著―畠山　篤

発行―弘前学院出版会
弘前市稔町一三―一　〒036-8577
電話　〇一七二―三四―五二一一

販売―㈲北方新社
弘前市富田町五二　〒036-8173
電話　〇一七二―三六―二八二一

印刷・製本―小野印刷所

ISBN978-4-89297-211-9